suncolor

suncolor

The Cafe on the Edge of the World
–A Story About the Meaning of Life–

世界盡頭的咖啡館
這一生，我為何而存在？

作者 / 約翰・史崔勒基 John Strelecky
譯者 /Elsa

獻給
凱西、麥克和安妮

繁體中文新版獨家作者序

讓我們活出真正精采的人生

我很榮幸能邀請你進入《世界盡頭的咖啡館》（*The Cafe on the Edge of the World*）」。

在數以百萬的可能中，出於一個你很快就會領悟的原因，這個故事即將切合你的人生。我不知道為什麼，但那一定很獨特，否則它不會發生。

所以，謝謝你信任自己內心的聲音，謝謝你在不確定為什麼自己和書中的能量互相共鳴的情況下，閱讀這個故事。

但你很快就會懂了。

當你理解以後，會在它帶給你的體悟中微笑。

到目前為止，已經有超過五百萬人、以四十四種不同語言走入這個故事。你即將體驗的靈感是非常謙卑

的，因為當咖啡館的故事第一次流經我的腦海時，我想著：哪怕只能啟發一個人，也會讓我覺得這一切都是值得的。

這一切都是值得的。事實上，我至今仍有這種感受。而今天，那一個人就是**你**。

多年來，來自不同文化、世界各地的讀者寫信給我，分享他們在咖啡館的故事中找到了強大的靈感、覺醒。這讓我明白，人們彼此的相似性其實遠遠超過我們所意識到的。在令我們疑惑的一切、思考的人生問題，以及面臨的處境中，我們都是一樣的。

這也證明了一個令人欣慰的事實：在人生旅途中，我們並不孤單。即使生活方式可能大相逕庭，其他人也和我們一樣在思考和找尋。

在接下來的故事中，你會了解到一個人想要從生活中得到更多，而不只是平平凡凡地過完一生；或者期待成為生命的冒險家，儘管並不真的知道冒險對自己來說代表了什麼。

我相信這是所有被這個故事觸動的人的共同願望，一種集體的渴望，渴望在這個星球上以更有靈感、更有意義的方式生活。

或許這就是你找到世界盡頭的咖啡館的原因。

我的願望是，你能在咖啡館裡享受每一個發現的時刻。希望你活出真正精彩的人生。

請盡情享受！

你在這場名為「生命」的奇妙冒險中的旅伴

約翰

作者簡介

約翰・史崔勒基（John Strelecky）

美國著名激勵演說家。史崔勒基積極教導人們「創造並活出有意義的人生」，並帶給無數人許多正面、深刻的影響，他也被譽為「如何以最小努力締造最大成功」的專家。

但他也和書裡的「約翰」一樣，本來擁有 MBA 學位，在企業工作多年，卻陷入迷茫。三十三歲那年，他決定和妻子揹起背包，踏上環球之旅。

返回美國後，他把自己的經歷和感悟寫成《世界盡頭的咖啡館》。本書原本是自費出版，沒想到一年之內就變成暢銷書，目前被翻譯了四十五種語言，深獲各年齡層的讀者熱烈迴響，被許多大學、教師組織選為指定讀物，美國各大企業如 IBM、美國運通及其他機關團體也強力推薦。

在寫作與演講工作之餘，約翰仍然熱愛造訪世界各個充滿異國情調的國家或地區，體現他對旅行的熱情，同時也在旅程中增加生命的智慧與體驗。

目 錄

繁體中文新版獨家作者序　　　4

作者簡介　　　7

前言／改變人生的那一夜　　　13

Chapter 01 ｜ 事故
每次想要出門散心的時候，總是會發生這種事。　　　17

Chapter 02 ｜ 交叉路口
這條路是雙線道，一條讓我遠離出發之地，另一條則讓我折返。
我真的不確定自己該走哪一條。　　　21

Chapter 03 ｜ 孤立無援
回頭不再是個選項。我唯一的選擇只有繼續前進。　　　25

Chapter 04 ｜ 孤注一擲
無論他們來自哪裡，一定不是跟我同一條路。　　　29

Chapter 05 ｜ 神祕咖啡館
我發誓，當我看著菜單上的字，
它們似乎模糊了一下，又重新浮現。　　　35

Chapter 06 ｜ 你為什麼在這裡？
這個地方看起來有點奇怪，
但實際上沒有發生什麼太奇怪的事情——
至少目前為止還沒有。　　　41

Chapter 07 ｜ 困惑

「如果這個問題,不是詢問別人而是改問自己,
你就不再是從前的你了。」

47

Chapter 08 ｜ 存在的意義

我不確定我在這裡做什麼。
我甚至不確定自己知道這到底是個什麼地方。

55

Chapter 09 ｜ 尋找答案

問出這個問題彷彿開啟了某個入口、某一扇門,
一個人的心智、靈魂或無論什麼,都渴望找到答案。

63

Chapter 10 ｜ 又一位陌生人

我在幹嘛?我只是需要一些食物、加個油,
還有一個可以休息幾小時的地方。就這樣而已。

69

Chapter 11 ｜ 當下

過去的我從未以這種視角思考過人生,
我做出的大多數決定都是為了回應外在的期待,
比如家人的意見、社會文化的壓力、別人的看法等等。
而現在這個角度,完全不一樣。

79

Chapter 12 ｜ 順流

我想我和其他人一樣,喜歡這個關於綠蠵龜的故事。
但我不知道,這和人們如何充實自己的人生有什麼關係?

89

Chapter 13 ｜ 逆流

我在想,還有哪些其他「打來的海浪」占據我每天的時間和精力,
我花了多少時間在那些事情上?

97

Chapter 14 ｜ 商人和漁夫

一般的咖啡館裡可不會出現這樣的對話——你為什麼而存在？
一旦知道自己存在的意義，你會做什麼？
你能從一隻綠蠵龜身上學到什麼？　　　　　　　　　　　　　　　　　　　　　　105

Chapter 15 ｜ 訊息

廣告的目的是讓你相信，只要透過某個特定產品或服務，
你的人生就會圓滿。　　　　　　　　　　　　　　　　　　　　　　　　　　　115

Chapter 16 ｜ 惡性循環

工作缺乏成就感，又投入了很多時間，於是我們越來越不滿足。
漸漸地，我們開始憧憬一個被神化的未來，
一個再也不必工作的時候，而且可以過著自己想要的生活。　　　　　　　　　　123

Chapter 17 ｜ 內耗

我正在錯過自己的人生，把時間浪費在一個我並不在乎的工作上，
買些也不是真心喜歡的東西來補償自己。　　　　　　　　　　　　　　　　　　129

Chapter 18 ｜ 共鳴

我差點忘了菜單上的另外兩個問題。
第一個問題已經讓我深入探索了那麼多，
我不確定自己是否準備好去思考其他兩題。　　　　　　　　　　　　　　　　　137

Chapter 19 ｜ 恐懼

如果我總是做自己想做的事情，生活會是什麼樣子？
如果我把時間都花在熱愛與熱忱的事情上，又會發生什麼事？　　　　　　　　　145

Chapter 20 ｜ 金錢

為什麼要等到以後才做想做的事？現在、隨時都可以開始。　　　　　　　　　　153

Chapter 21 ｜ 好運的祕密

他們看起來是真的很快樂，似乎很享受自己所做的事。
他們也非常有自信，似乎就是知道，事情會如他們所願。　　　161

Chapter 22 ｜ 熱情的力量

他們看起來走在正確的道路上，讓你很想幫他們一把。　　　167

Chapter 23 ｜ 高爾夫球

但我還是不太明白，為什麼不是每個人都會追求自己的存在意義？　　　175

Chapter 24 ｜ 包裹

問出問題之後，下個月的七號、滿月的時候，你會收到一個包裹。
包裹裡有一份文件，把它放在蠟燭上，文件就會顯示出隱藏訊息。
這個訊息一生中只能閱讀一次。　　　185

Chapter 25 ｜ 故事

我意識到，無論在生活中做了什麼或是沒做什麼，
無論我的決定是對是錯，還是不對不錯，
在我離開這世界之後，眼前這一切仍會存在。　　　195

Chapter 26 ｜ 禮物

「而這是我給你的。」她說，遞給我一份菜單。
在封面上的「問題咖啡館」這幾個字下面，凱西寫了一段訊息。　　　203

尾聲／入口的另一頭　　207

前言

改變人生的那一夜

有時候,在最意想不到,也或許是最需要的時候,你會發現自己身處一個嶄新之地,遇見了陌生人,學到了從未接觸的事物。

那個夜晚,我正是在一條漆黑寂靜的路上,經歷了這樣的轉折。

回想當時,那條無人的道路彷彿正是我當時的生活——徘徊迷途,不知前行的方向。我的人生無所適從,不確定該去哪裡,也不知為何要前進。

我請了一星期的假,想要逃離一切與工作相關的繁瑣事物。並非工作有多糟糕,當然它有令人沮喪的一面,但更讓人迷惘的是,我常常自問:比起每日在小小的隔間裡忙了十到十二個小時,活著難道不該有其他

意義嗎？這一切的目的，似乎只是為了換取升遷的可能，接著是更長的工時。

高中時，我努力為了進大學而準備；大學時，我又為踏入職場而努力。自那以後，我盡力在受雇的公司裡爬上更高的位置。如今，我不禁懷疑，那些曾經指引我走上這條路的人，是否只是重複了別人曾經給過他們的指引？

這些建議並無錯誤，卻也不是特別令人滿足。我逐漸意識到，自己似乎忙著用生命換取金錢，而這樣的交換，已不再那麼值得。

懷著這樣的迷茫與困惑，我走進了「問題咖啡館（The Cafe of Questions）」。當我向他人描述這段經歷時，他們常以「神祕」和「好像《陰陽魔界》（*The Twilight Zone*）」來形容——後者是個很久以前的電視影集，劇中人物總會進入一個看似正常，卻充滿詭祕的故事中。

有時，我也會懷疑那些在咖啡館裡的經歷是否真

實。每當這種念頭浮現，我便會打開書桌抽屜，取出凱西給我的那張菜單，讀著她在上面寫下的話語。這些話語提醒我，一切是那麼真切。

我從未試圖重返那條路，回頭尋找咖啡館。我內心深處的某個角落相信，即使我能回到那一晚的確切地點，咖啡館也不會再出現了。那個晚上，我之所以能夠找到它，正是因為當時的我需要它。於是，它才出現在我的生命中。

或許有一天，我會嘗試回去找找；或在某個夜晚，我會再次發現自己站在那扇門前。到時，我會走進去，告訴凱西、麥克和安妮，那一晚如何徹底改變了我的人生。他們提出的那些問題，如何引領我進入從未想像過的思考與發現。

誰知道呢？也或許那晚，我會花上一整夜與另一位也誤入「問題咖啡館」的人好好聊聊。

又或許我把這段經歷寫成一本書，讓它成為我對於「問題咖啡館」的獻禮之一。

CHAPTER
01

每次想要出門散心的時候,
總是會發生這種事。

事故

　　我沿著州際公路慢慢前進，速度讓步行看起來彷彿是高速賽車。慢慢挪動了一個小時後，車陣徹底停了下來。我按下收音機的按鈕搜尋任何有意義的東西，但什麼也沒有。

　　二十分鐘過去，毫無動靜，人們紛紛下車。其實這舉動沒有任何實際意義，但至少可以跟其他人吐苦水，也是一種安慰。

　　在我面前的廂型車車主一直碎唸，如果他在六點之前沒到旅館，訂房就會被取消。左方敞篷車裡的女人則在抱怨整個公路系統有多低效。身後，一車子的青少棒球員正把他們的領隊逼到精神崩潰的邊緣。我幾乎能聽到她的心聲：這是她最後一次當志工了。

基本上，我只是這條怨氣連連的車陣人龍之中的一分子而已。

最後，又過了二十五分鐘的停滯之後，一輛警車沿著中央的分隔帶駛過來。每隔幾百英呎，警車就會停一下，顯然是要通知民眾到底發生了什麼事。

為了那位警員的安全著想，我心想，希望他們帶了鎮暴裝備。

大家都迫不及待地等著警車過來。當警察終於來到這段區域時，她告訴我們，一輛載有潛在有毒物質的油罐車在前方約五英里處翻覆，道路已被完全封閉。她解釋，我們可以掉頭換另一條路——雖然其實根本沒有別條路——或者繼續等待障礙解除，但是可能還需要再一個小時。

我看到那名警察走向下一組沮喪的駕駛。當開著廂型車的男子再次重複他對預約被取消的擔憂時，我的耐心耗盡了。

「每次我想要出門散心時，總是會發生這種事。」

我喃喃自語。

　　我向這些新朋友表示，我已經受不了了，要試試別的方法。在廂型車車主又碎唸了一次六點的預約之後，便為我讓出了一條路。我越過中央的分隔帶，朝著新方向前進。

CHAPTER
02

這條路是雙向道,
一條讓我遠離出發之地,另一條則讓我折返。
我真的不確定自己該走哪一條。

交叉路口

我打開手機，點開地圖功能。「系統無法使用。」螢幕上不斷跳出這句話。

當我往南行駛時，心裡卻想著明明應該向北啊，於是越來越沮喪。我開了五英里都沒有看到出口，接著是十英里、二十英里，然後是二十五英里。

「等我找到出口時，其實也沒什麼用了，因為我根本不知道要去哪裡。」我自言自語，完美地展示了我越來越耗弱的精神。

終於，在二十八英里處，出現了一個交流道出口。

當我駛下交流道時，我心想，這實在不可能。

我大概在全世界唯一一個沒有加油站、速食餐廳或其他高速公路出口設施的地方。我往左看，什麼也沒

有;向右看,也是空蕩蕩的。

「嗯,」我說:「看來走哪一條路都沒差了。」

我向右轉,心裡記下現在是往西,到下一個路口應該再右轉,這樣我至少會朝北開回去。這條路是雙向道,一條讓我遠離出發之地,另一條則讓我折返。我真的不確定自己該走哪一條。

路上空曠,人煙稀少,我偶爾看到一、兩棟房子,一些農場,然後就只有樹林和草地。

一小時後,我確定自己迷路了。

我經過的交叉路口都很小,而且路標一看就讓人覺得很糟糕。

當你開了四十英里內都沒看到其他人影,而且所在的道路名稱都以「舊」字開頭,例如「舊65號路」,情況顯然相當不妙。

在下一個路口——也不比我之前經過的其他路口更大——我右轉了。

這是一個絕望之舉。雖然我根本不知道自己在哪

裡,但至少方向沒錯。

　　但是,令我更沮喪的是,這條路的名字也以「舊」字開頭。

CHAPTER
03

回頭不再是個選項。
我唯一的選擇只有繼續前進。

孤立無援

一個小時後，太陽迅速沉入地平線。白日接近尾聲，我的沮喪卻不斷高漲。

「我應該在高速公路上等待的。」我生氣地說：「原本都浪費了一個小時，現在又浪費了兩個小時，我還是不知道自己到底在哪裡？」

我猛地捶了一下車頂，好像車子跟這個窘境有什麼關係似地，或者這樣做會有幫助一樣。

再開十英里、十五英里、二十英里……還是什麼都沒有。油箱只剩下不到一半的油。我能肯定的是，回頭不再是個選項。以剩下的汽油，根本撐不了回到塞車的地方，更別提我連那地方在哪裡都找不到了。即使我能回去，沿路也沒有加油站。

我唯一的選擇只有繼續前進，希望最終能找到一個可以加油和吃點東西的地方。

　　我的挫折感越來越強，油箱的指針卻越來越低。

　　我這次出門旅行是為了散心。平日，我已經厭倦了工作、帳單，某種程度上，生活壓力也帶給我一種倦怠感，沒想到出門的路上也遇到挫折。這本該是我放鬆身心、重新充電的機會。

　　這說法怪怪的。我心裡想。充電，耗盡；再充電，再耗盡；再充電……這樣怎麼會是對的呢？

　　又過了二十分鐘，太陽已經完全沉入樹梢之下。薄暮逐漸籠罩，雲朵上殘留的粉紅和橙色反射出最後一絲日光。然而我滿腦子都是路況和越來越糟的情境，幾乎沒心思欣賞天空。

　　路上仍然看不到任何人。

　　我再次瞄了一眼油錶。「不到四分之一的油，而且還在減少。」我大聲說。

　　上一次睡在車上是我從大學開回家的時候。那已經

是很多年前了，我不想重蹈覆轍。但不幸的是，這種情況越來越有可能發生。

　　我需要睡一覺，我想，這樣車子沒油時，才有精神出去找人幫忙。

CHAPTER
04

無論他們來自哪裡,
一定不是跟我同一條路。

孤注一擲

當油錶上的指針剛開始滑到「E」的紅線時，我看到了一束光。

不想被自己愚蠢的處境所困，我在幾英里前的一個路口左轉了。沒有任何跡象顯示轉彎後有可能看到人影，但我還是這麼做了。理由是：這至少不是一條以「舊」字開頭的路。

「這看起來像是孤注一擲，但是或許有機會。」我大聲說。

當我接近那束光時，終於看清那是一盞路燈。一盞孤零零的白色路燈，明亮地照耀著如此偏僻、幾近荒蕪的地方。

「拜託，請讓那裡有些什麼——」我像唸咒語般重

複著這句話,又開了四分之一英里。

果然,那裡真的有些什麼。

在路燈前,我駛離了馬路,進入一個鋪著泥土和碎石的停車場。我驚訝的是,眼前是一座小巧的白色矩形建築,屋頂上的淺藍色霓虹燈寫著店名「問題咖啡館(The Cafe of Questions)」。同樣讓我驚訝的是,停車場裡停著其他車輛。

無論他們來自哪裡,一定不是跟我同一條路,我想。過去的兩個小時裡,我連一個鬼影子都沒見到。

我下車,伸了幾個懶腰,舒緩僵硬的身體。「希望他們知道一些我不知道的事情,比如怎麼離開這地方。」我對自己說。

我朝咖啡館入口走去。天色漆黑,只有一彎明亮的月亮和成千上萬的星星閃爍。當我打開咖啡館的門,門內把手上掛著的小鈴鐺宣告了我的到來。

令人訝異的是,當我走進去時,一陣誘人的食物香氣撲鼻而來。那時,我才意識到自己有多餓。

我心想,不知道他們在料理什麼,但不管是什麼,都給我來三份。

CHAPTER
05

我發誓,
當我看著菜單上的字,
它們似乎模糊了一下,又重新浮現。

神祕咖啡館

　　咖啡館內透著一種老式餐廳的氣氛。窄長的白色櫃檯下是一排鍍鉻底座搭配紅色椅墊的高腳椅，前窗下是一排紅色卡座，卡座之間有張桌子，桌上擺著玻璃糖罐和一個小銀壺，我猜是盛裝加咖啡的牛奶，以及成套的鹽罐和胡椒罐。

　　一台老舊收銀機擺放在靠近門口的架子上，旁邊是一座木製衣帽架。這是個可以和朋友坐下來久待聊天的舒適地方，可惜的是，沒有朋友與我同行。

　　一位女服務生打住了和一對情侶的對話，笑著對我招呼：「位子都可以坐，找個你喜歡的地方。」

　　我盡力平息在過去幾小時積累的、仍在翻湧的挫折感，並且試著微笑回應。我選了一個靠近門口的卡

座。當我滑進紅色的座椅時，發覺它還很新。我轉過身四處看看，很驚訝這間咖啡館看起來是全新的。

「老闆一定認為這裡遲早會開發吧，」我想。「才會在這麼偏僻的地方開一家咖啡館。」

「嗨。」出聲的是那位女服務生，她打斷了我對於房地產開發的思緒。「我叫凱西。你好嗎？」

我看著她說：「嗨，凱西。我是約翰，我想我有點迷路了。」

「的確是，約翰。」她帶著調皮的笑容回答。

從她的語氣中，我無法判斷她肯定的是我的確叫約翰，還是我的確迷路了。

「你為什麼來這裡？約翰。」她問。

我頓了一下。「我本來要出門旅行，路上卻遇到了一些意外。當我試圖走別的路卻迷路了。這一路上，我幾乎快沒油，也差點餓死。」

等我吐完苦水，凱西再次帶著頑皮的微笑看著我。

「我保證，」她說：「我們可以解決你肚子餓的問

題。至於其他的,只能再看看嘍!」

她伸手從大門旁的架子上拿了一本菜單,遞給我。我不確定是燈光的關係,還是開了太久的車而精神疲勞,但我發誓,當我看著菜單上的字,它們似乎模糊了一下,又重新浮現。

我一定是太累了。我想著,把菜單放在桌上。

凱西從口袋裡掏出一個小本子。「要不要先點杯飲料?你慢慢看菜單。」

我點了一杯檸檬水。她離開去幫我準備飲料。

這一天的經歷超出我的預期。先是開了幾個小時的車穿越一片荒蕪,接著是走進一間彷彿位在世界盡頭的咖啡館,現在又遇到了一位帶著調皮微笑的女服務生。

我拿起菜單看了起來。

菜單的上半部寫著:「**歡迎來到問題咖啡館**」。下面是一排黑色小字:「**點餐之前,先詢問我們的服務人員,了解您待在這裡的時間代表了什麼意義?**」

我希望這代表我能吃點好吃的。我心想著,一邊翻

開了菜單。

菜單上是常見的咖啡館餐點。早餐品項在左上角，三明治在左下角，開胃菜和沙拉在右上角，主菜則在其下方。

奇怪的是，當我翻到菜單背面時，上方有個標題是**「等待餐點時請思考的問題」**，下面寫了三個問題：

你為什麼在這裡？
你害怕死亡嗎？
你感到滿足嗎？

這可不像瀏覽體育新聞一樣，能隨便掃過啊，我想著。正當我準備重讀那三個問題時，凱西端著我的檸檬水過來了。

「還好嗎？」她問。

我指了指那三個問題，然後又指著咖啡館的名字。

「這是什麼意思？」

「哦,每個人似乎都有自己的解讀。」她神神祕祕地回答。「那麼,你要點餐了嗎?」

我還沒想好要點什麼。事實上,我有點想拿起外套離開這裡。這個地方的確有些與眾不同,而我不太相信這種與眾不同會是好事。

所以,我猶豫了。「不好意思,凱西,呢⋯⋯我還需要一點時間。」

她笑著聳聳肩,說:「沒關係,你慢慢來,我過幾分鐘再過來。」她轉身要離開,頓了頓,又回頭看著我。「還有,約翰,」她再次微笑。「放輕鬆,你在這裡很安全。」

CHAPTER 06

這個地方看起來有點奇怪，
但實際上沒有發生什麼太奇怪的事情——
至少目前為止還沒有。

你為什麼在這裡？

我看著凱西走向另一頭的一對情侶，三個人開始聊起來。無論他們在聊的是什麼，肯定很有趣，因為不久他們便笑了起來。

也許我應該試試他們點的那些東西。

我嘆了口氣，四處張望。沒別的可選了，我想，油快沒了，方圓兩百英里內也沒有其他餐廳。這個地方雖然看起來有點奇怪，但實際上沒有發生什麼太奇怪的事情——至少目前為止還沒有。

這麼一想，我稍微冷靜了點。幾分鐘後，擔憂更減輕了些。凱西離開了另一張桌子，去了廚房，手上端著兩盤派經過我身邊。

「草莓大黃派。」她注意到我盯著盤子上的食物，

一邊走一邊介紹。「這是我們店裡的招牌,可以考慮點這個喔!」

「哦!」我驚喜不已。草莓大黃派是我小時候最喜歡的甜點。很少人做這個派,而我也好幾年沒吃過了。

也許這是個指引,我應該待上一段時間。

我再次看看菜單。撇開奇怪的提問不談,食物看起來很可口。即使表定的早餐時段已結束,我還是想點早餐拼盤。

我抬頭一看,凱西還在和那對情侶交談,於是我又翻到菜單背面。

你為什麼在這裡?

問顧客這樣的問題似乎有些詭異。客人為什麼會來自己的餐廳,老闆不是應該知道嗎?來用餐的人難道會不知道自己為什麼要來嗎?

你為什麼在這裡？

凱西走過來，打斷了我的思緒。

「你想好要點什麼了嗎？」她微笑著問。

我正要回答，但隨即想起菜單上說的，點餐前可以詢問服務人員。「我想好了。」我回答，指向那句話。「我到底需要問妳什麼？」

「哦，這個啊！」她再次笑了。

我漸漸喜歡上她的笑容。

「這幾年，我們注意到很多人在這裡待了一段時間後，似乎會有些特別的感受。」她繼續說：「所以，現在我們試著讓其他人慢慢體會『你為什麼在這裡？』的經歷。我們與客人分享一些他們可能會遇上的事，讓他們準備好面對那些以為自己能面對的事物。」

「什麼？」這是我唯一能反應的。

我完全不懂她的意思，她是在說食物、咖啡館，還是完全無關的其他事情？

「如果你想好了，」她說：「我會把你的點單交給廚師，讓他提供一點建議。」

「哦，好啊。」我有點遲疑，也更困惑了。「我選好了，」我指著菜單說：「我想要早餐拼盤。我知道現在不是早餐時段，但還可以點這個嗎？」

「你要點那個？」她問。我點了點頭。

「沒問題。今天的午餐時段已經過了，現在倒是更接近明天的早餐。」

我瞥了一眼手錶。「這個角度很有趣。」我說。

凱西聳了聳肩，說：「**有時候，換個角度看事情會對我們更有幫助。**」

有時候,
換個角度看事情會對我們更有幫助。

Sometimes it helps to look at things from
a different perspective.

CHAPTER
07

「如果這個問題,
不是詢問別人而是改問自己,
你就不再是從前的你了。」

困惑

　　我看著凱西走向廚房窗口，第一次注意到廚房裡有個男人。他一手拿著木杓，看起來是廚師。

　　凱西走到窗口跟他說了些什麼，他朝外面看了看，見我正看著他，微笑地對我揮揮手。

　　我猶豫地揮揮手，感覺有點荒謬。我沒有在咖啡館裡跟廚師打招呼的習慣。

　　凱西繼續和那個男人交談，而我把心思轉回到菜單的文字上。

　　幾分鐘後，當我重讀第一個問題——

你為什麼在這裡？

凱西走了回來，坐在我對面。

「那是麥克。」她說：「他是咖啡館的老闆，也負責廚房。他說有空時會出來見見你。我問了你的餐點有沒有問題，他說分量很多，但你應該可以吃得完。」

我點點頭，不太確定該怎麼回應。「謝謝。這是，呃……某種服務嗎？」

她笑了笑說：「我們盡力做到最好。」她伸手拿取我一直在看的菜單，並把它翻到正面。「還有，」她指向菜單上提到可以詢問服務生的那句話。「這和你一直在看的第一個問題有關。」她又翻過菜單，把提問那一面向著我，放回桌上。

我真的不懂她是怎麼知道我在看那個問題，但我沒出聲。

「你知道嗎？」她繼續說道：「看著這個問題是一回事，但改變這個問題又是另一回事。」

我看著她，困惑地問：「改變問題？什麼意思？」

「聽起來好像沒什麼，」她說。「但是那問題只要

改個字,一切就會不一樣了。」

「怎樣的不一樣?」我困惑地回答。「是我不能在這裡吃飯了?還是我要點別的東西?」

「不,」她慢慢地搖了搖頭。「是更大的改變。」

我不確定是因為她說的話,還是她聲音中的力量,但是她說著「更大的改變」時,我的手臂上起了雞皮疙瘩。雖然我完全不知道她在說什麼,但她顯然不是在開玩笑。

「我不太懂妳的意思。」我說。

凱西又指著菜單。「如果這個問題,不是詢問別人而是改問你自己,你就不再是從前的你了。」

什麼?我心想。不再是以前的我?這是什麼意思?

突然,一種奇怪的感覺湧上心頭——我似乎站在陡峭的懸崖邊緣,向前邁出的這一步,要麼讓我送命,要麼為我帶來永恆的幸福。

「和你想的差不多。」凱西評論道,然後笑了。「但沒有那麼嚴重。」

我還沒問她怎麼知道我在想什麼，她便說：「要不這樣，在你走出門之前，我先解釋一下。」她指著菜單說：「你來唸第一個問題，但要用隨意瞥一眼路標、那種無關緊要的態度。」

我困惑地看著她。她說：「試試吧。」

我快速地看了一眼菜單。驚奇的是，問題慢慢地從**「你為什麼在這裡？」**變成**「我為什麼在這裡？」**。

我一讀完，問題又變回去了。

我看了看凱西，再看了看菜單，又看了看凱西。「妳有看到──？」我語無倫次。「剛剛菜單……那是怎麼回事？」

「我不確定你是不是準備好接受這個問題的答案了。」她回答。

「什麼意思？」我問道，音量有點高。我再次看了看菜單，又看了看凱西。「是妳嗎？是妳讓菜單上的字變了，對吧？」

我完全搞不清楚發生了什麼事，也不確定留下來搞

清楚是不是個好主意。

凱西看著我，輕鬆地說：「約翰，你有注意到菜單上的問題變成什麼了呢？」

「有啊，我第一次看的時候是這句，然後它自己變成另一句，現在又變回原來的那一句。為什麼？怎麼會這樣？」

凱西停了一下。「是這樣的，約翰，」她開始解釋。「你看到的那個問題、變得不一樣的問題——」

「『我為什麼在這裡？』」我打斷她。

她冷靜地點點頭。「對，就是這個。這不是個隨意的提問。瀏覽而過是一回事，但當你不只是一瞥而過，而是真正地思考這個問題，然後捫心自問——你的世界就會改變了。」她拿起菜單，翻過來，指著印有「在點餐之前……」的地方。

「我知道我的話聽起來很不可思議，所以我們才把這段話放在菜單前面。」

「我為什麼在這裡?」

當你不只是一瞥而過,
而是真正地思考這個問題,
然後捫心自問——你的世界就會改變了。

"Why am I here?"
When you go beyond glancing and actually see it,
and then truly ask it of yourself—your world changes.

CHAPTER
08

我不確定我在這裡做什麼。
我甚至不確定自己知道這裡到底是什麼地方。

存在的意義

我坐在那裡看著她,被這荒謬的處境震懾住了。

三更半夜,我在一家咖啡館裡,不知道自己置身何地,聽著一個關於菜單封面上寫著幫助顧客面對人生巨變的提示的故事!

這絕對不是典型的假期體驗,而且當時的我並不知道,這只是今晚即將發生之事的開端。

凱西似乎對我的困惑毫不在意。「你看,約翰,一旦你真的捫心自問,尋找答案將會成為你人生的一部分。你會發現自己一早醒來就想著這個問題,而且腦子一整天不斷地閃過它。雖然偶爾可能會忘了,但在睡前,你又會想起來。」

她頓了一下。「這問題有點像一個入口、一扇門。

一旦打開了,你很難關上它。」

我難以置信地看著她。「一個入口?」

她點了點頭,聲音變得更有力。「一旦打開,很難再關上。」

我靠在座位上,試著理解她說的事情,或者她為什麼要告訴我。入口、一部分的我、關閉……我真的完全聽不懂她在說什麼。

但有一件事是肯定的。菜單上的那題「你為什麼在這裡?」具有更深刻的意義。顯然它不只是在問某個人為什麼來到這家咖啡館。

「沒錯。」凱西打斷了我的思緒。「問題與咖啡館無關。它是在問,**本質上,人們為何而存在?**」

我環顧四周,又震驚又困惑。這到底是個什麼地方?我心想。

我的視線停留在凱西身上,但她只是笑了笑,並沒有再說什麼。我試著讓自己冷靜下來。「凱西,謝謝妳告訴我這些……嗯,妳很貼心,但我只是想在這裡吃點

東西，就這樣。」

「就這樣？」她問道。

「對。」我慢慢回答。

她只是點了點頭。

「而且，」我試圖打破這尷尬的沉默。「聽起來問了這個問題會帶來很多不可預知的後果，也許就別問了。」我補充：「妳說的，那些『入口』和腦海中不斷閃過的……。」

凱西只是一直看著我，不出聲。

「其實我不知道為什麼有人要問自己這個問題。」我胡亂說道：「我的意思是，我從來沒問過，一直也過得滿好的啊！」

凱西低頭看了一眼菜單，又看向我。「真的嗎？」她問道，終於打破了沉默。「你真的很好嗎？」

她說出「好」這個字時，帶著一點友善的嘲弄，彷彿引導我去定義什麼是「好」。「很多人都覺得自己很好，但有些人並不滿足於只是『很好』，而要追求更充

實、偉大的東西。」

「所以他們來到問題咖啡館？」我忍不住挖苦。

「有些人是。」她溫柔而平靜地回答。「約翰，你不也是嗎？」

我訝異得說不出話來，不知道該怎麼回答。

我不確定自己在這裡做什麼。我甚至不確定自己知道這裡到底是什麼地方。

如果我對自己夠誠實，我得承認，多年來我一直在質疑，除了自己已經擁有的，生活會不會還有更多可能？我並不是過得不好——當然有時候，生活很令人沮喪，特別是最近這陣子；但我有一份不錯的工作，也有些好朋友。我過得還行，甚至可以說是不錯。

但是，我心底深處總有一種說不清道不明的感受。

「正是因為那種感受，許多人問出了你看到的問題。」凱西插話。

我愣住了。不只是因為她似乎又讀到我的心思——這本身就讓我非常不安——更重要的是，我感覺她或許

是對的。

　　我深深地吸了一口氣。早先那種站在陡峭懸崖的感覺再次襲來，某種直覺告訴我，我應該跨出那一步。

　　「好吧。」我猶豫地說：「那麼，可以再多說一些關於那個問題的事嗎？」

一旦你真的捫心自問，
尋找答案將會成為你人生的一部分。

Once you truly ask the question you saw,
seeking the answer will become part of your being.

CHAPTER
09

問出這個問題彷彿開啟了某個入口、某一扇門,
一個人的心智、靈魂或無論什麼,
都渴望找到答案。

尋找答案

凱西微笑著點頭。「就像我剛才說的，問出這個問題彷彿開啟了某個入口、某一扇門，一個人的心智、靈魂或無論什麼，都渴望找到答案。這個問題會一直在他們的生命中占有重要位置，直到找到答案。」

我困惑地看著她。「妳的意思是，一旦有人問自己：『我為什麼在這裡？』，此後就再也放不下這個問題了嗎？」

她搖了搖頭。「不一定。有些人瞥了一眼，甚至看著它，但最後也忘得一乾二淨。」她頓了一下。「但對於那些捫心自問，並在某種程度上真的想知道答案的人，要忽略它就變得非常困難了。」

我試圖消化這些話，決定再往懸崖邊緣多踏一步。

「那麼,如果有人問了這個問題,然後找到答案了呢?」我問道:「他會發生什麼事?」

凱西笑了笑。「嗯,是好事,也是一個挑戰。」

「喔。」我遲疑地回應道。

她微微向前傾身。「就像我說的,提問會驅使人們尋找答案。一旦有人找到了答案,就會出現另一股同樣強大的力量。一個人一旦知道了自己為什麼在這裡,為什麼會存在,活著的目的是什麼——他們就會想要實現那個目的。

「目的就像藏寶圖上的『X』標記。一旦知道『X』在哪裡,就很難假裝沒看見,很難不去尋寶;同樣地,**一旦知道自己為什麼而存在,情感上、生理上都很難不去實現那個目的。**」

我靠向椅背,試著理解凱西在說什麼。

「所以,其實這個問題可能會讓人生變得更複雜。」我過了一會兒,回她:「就像我說的,一個人或許永遠不要問這個問題,不要打開潘朵拉的盒子,就能

繼續過著原本的生活。」

她看著我，點了點頭。「有些人會這麼做。但時機到了的時候，每個人必須自己決定。」

我靜靜地坐了幾分鐘，不知道該如何回應，腦海中閃現坐在車裡的情景。我記得，迷路的我看到燈光時有多興奮。現在，我不知該怎麼辦。

「需要消化的東西有點多。」我終於開口。

凱西點頭微笑。「你知道嗎？你之前形容的那種感受，並不是別人能告訴你或強加給你的。在任何一刻，如果你決定放下，那也是你的選擇，也只有你自己能做出選擇。」

我們靜靜地坐了一會兒。「說到這裡，」凱西站起身。「我該去看看你的早餐拼盤準備得怎麼樣了。」

在深度的對話來回中，我幾乎忘了自己的早餐。凱西讓我回過神來，意識到自己還坐在咖啡館裡，而且餓得要命。

一個人一旦知道了自己為什麼在這裡，
為什麼會存在，活著的目的是什麼——
他們就會想要實現那個目的。

Once a person knows why they're here,
why they exist,
their very reason for being alive—they'll want to fulfill
that reason.

CHAPTER 10

我在幹嘛?
我只是需要一些食物、加個油,
還有一個可以休息幾小時的地方。
就這樣而已。

Why are you her

又一位陌生人

當我看著凱西走向廚房時,腦子裡一片混亂。我低頭看著菜單,重讀了第一個問題。

你為什麼在這裡?

這時,這一題對我的意義已經截然不同。我試著回想凱西說過的話:這是在問一個人為什麼而存在?
我也無法解釋,似乎有什麼東西促使我自問那個改變了的問題。

為什麼我在這裡?

我也記得凱西說過,如果我捫心自問,可能會發生什麼事。

我從菜單上抬起頭來,揉了揉眼睛。「這也太荒謬了吧!」過了一會兒,我對自己說。我喝了口水,透過窗戶看著咖啡館外面黑漆漆的停車場。「我在幹嘛?我只是需要一些食物、加個油,還有一個可以休息幾小時的地方。就這樣而已。」

我轉過頭尋找凱西。她不在咖啡館的那一頭,其他人都坐在那裡。我轉向右邊,看她是不是在收銀台。

這時,我才發現麥克站在我的桌子旁,手裡拿著一壺水。「需要幫你加水嗎?」他問。「你看起來好像需要喝點水。」

我嚇得差點把杯子摔出去。一秒鐘之前,他根本不在這裡。

我趕緊恢復正常,回答:「呃,好。」

「我叫麥克。」他一邊說,一邊加滿我的水杯。

我點了點頭,試圖讓自己冷靜下來。他是怎樣無聲

無息地走到我旁邊的啊?「很高興認識你,麥克。我是約翰。」

麥克笑了笑。「還好嗎?約翰,我走過來的時候,看起來你在思考什麼。」

「嗯,對,差不多是這樣。」我回答道。

「你確定沒事嗎?」他問道,更仔細地看著我。

在不知道該說什麼的情況下,我拿起菜單並翻到封面。「凱西在跟我解釋菜單封面的文字。」我有點結結巴巴地說:「我⋯⋯呃,我試著弄懂,並想想對我是不是有什麼意義。」

才說完,我就意識到這些話聽起來有多奇怪。然而麥克似乎一點也不訝異。

他點了點頭。「對啊,那一題真的很難。在各種不同的時間點,很多人都會遇上那個問題。有些人在年輕時就想通了,有些人則是在年紀大一點的時候;而有些人,一輩子都想不通。」他停了一下。「其實也是蠻有意思的。」

麥克擁有一種非常沉穩的氣質。他彷彿是個環遊世界好幾趟，從中獲得豐富人生智慧的人。這種感覺很奇怪，畢竟我才剛認識他。但話說回來，這整間咖啡館也很奇怪。

我猶豫了一會兒，不確定要如何繼續對話。

麥克低下身子，把菜單翻了過來，微笑著問：「這幾題呢？」

「還好。」我緩慢地回答。

「但你感覺還是有點困惑？」他問。

我停頓了一下。管他的，我想了一會兒，決定乾脆問他好了。

「嗯，凱西跟我說，如果有人捫心自問，這個問題將會改變他的生活。」我說著，指向第一個問題。

他點了點頭，似乎對我拋出的話題並不意外。「所以呢？」

「我有點好奇，之後的他們會發生什麼事？」我回答他。

麥克點了點頭。「你是說他們問完問題之後,還是找到答案之後?」

我看著他,有些不確定地說道:「都有。」我頓了一下。「凱西沒有和我說得太深入,只是稍微解釋了一下有人問了那個問題時的狀況。」

麥克再次點頭,說:「嗯,關於要如何找到答案,**我認為沒有一種方法會適合所有人。我們每個人都有自己的生命情境。**」他停頓了一下。「不過,如果你想知道的話,我可以分享一些技巧,我認識的人曾經用過、並真的找到答案。」

我想要接話,卻不知怎麼表達。我有種直覺,如果我能找到這個問題的答案,可能更難忽視這個問題了。

「沒錯。」麥克說道:「凱西可能也跟你說了同樣的事。」

太好了,我心想,看來他也能讀到別人的心思。

我不確定自己是否想知道別人的方法。畢竟,我甚至不確定自己是否想問出那個問題。

「還有呢？」我問道，試圖延長並改變話題。「當一個人找到這個問題的答案之後，他們會怎麼做？」

麥克看了我一會兒，然後微笑。「我會告訴你的。不過，我想你的早餐快好了，我先去看看。**關鍵是，所有事情要在正確的時間發生。**」

我困惑地望著他。

「你知道，」他繼續說道：「你點的任何東西都不該太生或過熟。」

我點了點頭，似乎明白他在說什麼一樣。

當他離開時，我深吸了一口氣，然後慢慢地吐氣。至少拖延計劃成功了。

過了一會兒，麥克端著一個擺滿食物的托盤回來。

「這些都是我的嗎？」我問道，心裡納悶我在菜單上漏看了什麼東西嗎？

他點點頭。「當然，一份早餐拼盤包含了煎蛋捲、烤吐司、火腿、培根、新鮮水果、薯餅、比司吉，還有一份煎餅。」

我環顧咖啡館,看看有沒有人願意分食。

麥克指著托盤邊的一組小罐子和容器說:「除了這些,我們還有抹吐司的果醬、煎餅用的糖漿、搭配比司吉的蜂蜜,還有特製番茄莎莎醬配煎蛋捲。」他笑了笑。「幸虧你很餓了。」

「但我不確定有沒有這麼餓。」我看著食物。

他再次微笑,聳了聳肩。「你會收到驚喜的,約翰。**有時候你只是不知道,自己早已經準備好接受新事物了。**」

麥克把托盤上的東西都放到桌上,跟我說:「約翰,我得去和那邊那對夫妻說幾句話。我過一會兒再回來,如果你願意的話,我們晚點再聊。」

我看著面前的所有盤子。「好啊,」我回答。「沒問題。」

有時候你只是不知道，
自己早已經準備好接受新事物了。

Sometimes you just don't know
how ready you are for something filling.

CHAPTER
11

過去的我從未以這種視角思考過人生,
我做出的大多數決定都是為了回應外在的期待,
比如家人的意見、社會文化的壓力、別人的看法等等。
而現在這個角度,完全不一樣。

當下

早餐吃到一半時,凱西來了。

「約翰,還好嗎?」

我嚥下剛放進嘴裡的食物,說道:「很好啊,早餐真的很好吃,太棒了!」

「你看起來心情好多了。」

確實好多了,那種剛進咖啡館時的巨大沮喪感幾乎完全消失了。

「你想一個人吃完早餐,還是喜歡有人一起聊天?」凱西問。

我回答:「當然是有人陪伴。」又頓了一下,有點猶豫地說:「其實我有點想繼續我們之前的話題。我坐在這裡的時候一直在想,還有幾個問題想不透。」

凱西笑著滑入我對面的卡座。「好吧。」

我伸手拿過桌子另一端的菜單,將它放在我們之間。「嗯,是關於這些問題。」我說著,指向那些問題。「假設有人問自己為何而存在,也找到了答案……,」我猶豫了一下。「接下來呢?」

凱西停頓了幾秒鐘。「首先,他們可以去做任何想做的事。當他們找到答案,答案就屬於他們了。對於接下來要做什麼,他們擁有最終和完全的決定權。」

她看著我。「你覺得他們應該怎麼做?」

我想了一會兒。「如果有人想清楚了他們來到這世上的目的,一定會想實現那個目的。我只是不確定他們會怎麼做。」

我看著凱西,感覺她知道些什麼,但她在等我自己想清楚。

「每個人都有自己的方法。」她沉默了一會兒。

我望著她。「可以給我個提示嗎?」

「我舉個例子好了。」她回應道:「假如你想當一

名業餘藝術家，你會創作什麼類型的作品？」

我想了一會兒。「我不知道，可能取決於我想成為什麼樣的藝術家，我猜想創作什麼就創作什麼吧？」

我停下來，等待她發表意見。但她什麼都沒說，於是我重新思考自己的回答。

「難道就是這樣？就這麼簡單？」我問道。「一旦有人知道自己為何而存在，他們就會為了實現存在的意義而拚盡全力？」

當我說出這些話的時候，一股興奮感竄過了全身，好似我剛剛發現了一件獨特又重要的事情，連身體也確認了這一點。道理聽起來如此簡單，以至於令我懷疑它的正確性——**做任何你想做的事情，只要它能實現你存在的意義。**

「所以，如果我存在的意義是幫助他人，我就應該去做任何我認為可以幫助他人的事情嗎？」我興奮地問，越來越喜歡這個概念。

「沒錯。」凱西回答。「如果你認為當醫生可以

幫助他人，那就去做。如果在貧困地區建造收容所也是，那就去做。或者你覺得做個會計師、幫別人處理稅務問題也是助人的方式，那就去做。」

我的腦袋有點轉不過來。過去的我從未以這種視角思考過人生，我人生做出的大多數決定都是為了回應外在的期待，比如家人的意見、社會文化的壓力、旁人的看法等等。而現在，卻是完全不一樣的視角。

「但是，如果我的人生目的是成為百萬富翁呢？」我問。

「那就去做符合『成為百萬富翁』目標的事情。」凱西回答。「比如你要打入有錢人的圈子，要努力工作賺到一百萬，那就去做。所有的前提都一樣，**選擇權永遠在自己手中。**」

「成為百萬富翁……？」我越說越興奮。「我還蠻喜歡這個主意的。我可以買幾輛新車，也許還能買幾棟房子？」

凱西放輕了聲音。「這些都很棒。」她說：「但

是,這就是你這輩子存在的意義嗎?」

她的提問讓我亢奮的情緒降了下來。「我不知道。」我回答。

凱西點了點頭。「我和麥克為此取了一個縮寫。你在菜單上看到的那個問題,也和這個縮寫有關。」

我瞥了一眼菜單。

你為什麼在這裡?

我驚訝地看著它變成:「我為什麼在這裡?」

我抬頭看著凱西。她只是微笑著繼續說:「**當一個人明白了自己為何而存在時,也就確定了自己『存在的意義(Purpose For Existing)』**,我們縮寫為『PFE』。在這一生中,為了實現 PFE,我們可能會做十件、二十件或上百件事。實際上,那些對人生心滿意足的客人不只是了解自己存在的意義,還會嘗試各種他們認為會實現存在意義的事。」

「那麼對人生很不滿的人呢？」我有點猶豫地問。

「他們也會做很多事情呢。」她慢慢地說。

我停頓了下，等著她繼續說。但她沒有接話。

我恍然大悟。「他們做了很多無關存在意義的事情，是嗎？」我問道。

凱西點了點頭。

我靜靜地坐了一會兒，思索著。「道理看起來很簡單，」我說：「但同時又讓人很困惑。」

「什麼意思？」凱西問道。

「我不知道，光是想著要做什麼，才能實現自己的存在意義……就讓我覺得好困難，我甚至不知道該從哪裡開始。」

她用問題回答我的問題。我發現她經常這樣。

「約翰，假如你認為自己的存在就是為了製造跑車，然後要去實現這個目的，你會怎麼做？」

我想了想。「我會讀很多關於跑車的資料，也許會去參觀製造跑車的車廠，或者接觸一些曾經製造過跑車

的人，聽聽他們的建議。我想我可能會試著找個設計或組裝跑車的工作。」

凱西點了點頭。「你會只參觀一個地方嗎？或是只跟一個人接觸？」

我停了一下，思考片刻。「不，如果我真的很想知道如何做跑車，我會參觀好幾個車廠，和不同的人聊聊，才會得到更全面的資訊。」

我看了她一眼，聳了聳肩。「我覺得好像沒有剛才那樣害怕了。或許要了解自己如何能實現目的，就是去探索、接觸與它相關的各種人事物。」

凱西點點頭，說：「沒錯。**每個人都受限於當下的經驗和知識。重點在於『當下』**。我們活在有史以來最能夠接收世界各地的資訊、人群、文化和經驗的時代，如今，**當我們試圖尋找如何實現存在的意義時，限制不在於外在環境，而是自我設限。**」

我點了點頭。「妳說得對，完全沒錯。但我似乎沒有充分利用這個時代的便利性，想想我是怎麼使用時間

的……幾乎每天都在做一樣的事。」

「為什麼？」凱西問。

我低頭看著菜單。

你為什麼在這裡？

「可能是因為我不知道這一題的答案吧？」我說，指著第一個問題。「我不知道自己存在的意義，也不知道自己想做什麼，我只是隨波逐流，別人做什麼我就做什麼。」

凱西沒有馬上回應，只是定定地看著我。「所以，從你過往的經驗來看，隨波逐流有幫助你實現自己存在的目的嗎？」

當我們試圖尋找如何實現存在的意義時，
限制不在於外在環境，
而是自我設限。

As we try to find what will fulfill our PFE,
our limits today aren't really about accessibility.
They're about the limitations we impose on ourselves.

CHAPTER 12

我想我和其他人一樣,
喜歡這個關於綠蠵龜的故事。
但我不知道,
這和人們如何充實自己的人生有什麼關係?

順流

凱西的問題讓我思緒飛躍。追隨別人的腳步，真的能幫我實現存在的意義嗎？

還沒等我回答，她又開口了。

「約翰，你有看過海龜嗎？」

「海龜？」

「對，準確地說，我指的是鰭足和頭上有著斑點的綠蠵龜。」

「我看過綠蠵龜的照片。」我回答。「但是綠蠵龜怎麼了？」

「聽起來或許有點奇怪，」凱西開始說：「我人生學到最重要的一課，就是來自於一隻綠蠵龜。這一課教會我，每一天該怎麼活。」

「綠蠵龜跟妳說了什麼？」我問，忍俊不禁地笑了出來。

「有趣的是，」她回以微笑。「綠蠵龜沒有真的『說』什麼，但教了我很多道理。

「當時，我在夏威夷的一個海岸浮潛。」她開始說：「那天非常棒，我看到了紫斑鰻和一隻章魚，兩種都是我第一次見到的動物；還有成千上萬的魚，呈現出你能想像到的每一種顏色，從最耀眼的螢光藍到不可思議的深紅色……。

「我距離海灘大約一百英尺，潛在大型岩石之間。當我右轉時，一隻綠蠵龜正游在我旁邊。那是我第一次在野外見到牠，非常興奮。我浮出水面，拿掉了呼吸管，然後漂在水上欣賞牠。

「牠就在我正下方，正在遠離岸邊。我決定待在水面上，和牠一起游一會兒。令我驚訝的是，雖然牠看起來游得很慢，時不時划一下鰭足，有時只是漂浮著，我卻總是跟不上牠。

「我當時穿著可以輔助推進的蛙鞋，也沒有救生背心或任何會拖累速度的東西。然而，即使我拚命游，牠還是離我越來越遠。

「大約十分鐘後，我就跟不上了。我很疲累、失望，又有點尷尬自己竟然追不上一隻綠蠵龜，只好折返游回岸邊。

「隔天，我回到同一個地方，希望能看到更多綠蠵龜。果然，大約三十分鐘後，我看到一群黑黃相間的小魚，以及又一隻綠蠵龜。我觀察了一會兒，看著牠繞著珊瑚游動。

「然後，當牠游離岸邊時，我試著跟上去。但我訝異地發現自己還是跟不上。當我意識到綠蠵龜已經越游越遠時，我停下來，漂浮在水中看著牠。就在那一刻，牠給我上了寶貴的一課。」

凱西安靜下來，只是看著我。

「凱西，妳不能停在這裡啊！」我佯裝惱怒地說。「所以牠教了妳什麼？」

她微笑著說：「我以為你不相信海龜能教會人類什麼事呢！」

我大笑著回應：「我當然是有點懷疑，但故事都說到這裡了，我開始相信海龜或許真的帶來值得學習的功課。所以，後來發生了什麼事？」

她點了點頭，說：「當綠蠵龜游泳時，牠會遵循海水的律動。當海浪朝牠打來時，牠就漂浮起來，並輕輕划水讓自己保持在原地。然而當海浪從牠身後打來，牠會順勢划得更快，利用水流幫助自己前進。

「綠蠵龜從來不與海浪對抗。相反地，牠利用海浪。我之所以無法跟上牠，是因為無論海水打向哪裡，我始終在往前划。一開始，這還可以讓我跟上，有時甚至要放慢一點。但我越是向著迎面而來的海浪，就游得越累；所以當浪潮退去時，我已經沒力了。

「一波波的海浪湧來又退去，我越來越疲憊。但海龜不是這樣，牠一直借助水流強化自己。這就是為什麼牠游得比我快。」

我接著開口：「凱西，我想我聽懂了這個關於海龜的故事——」

「是綠蠵龜的故事。」她笑著打斷我。

「好，是綠蠵龜的故事。我想我和其他人一樣，喜歡這個關於綠蠵龜的故事。而且我熱愛海洋，可能比別人更投入這故事。」我頓了頓。「但我不知道這和人們如何充實自己的人生有什麼關係？」

凱西慢慢地搖了搖頭。「哦，我對你可是寄予厚望呢！」說完，她又笑了。

我對她的挖苦翻了個白眼。「好吧，好吧。」我回應。「給我一分鐘想想。」

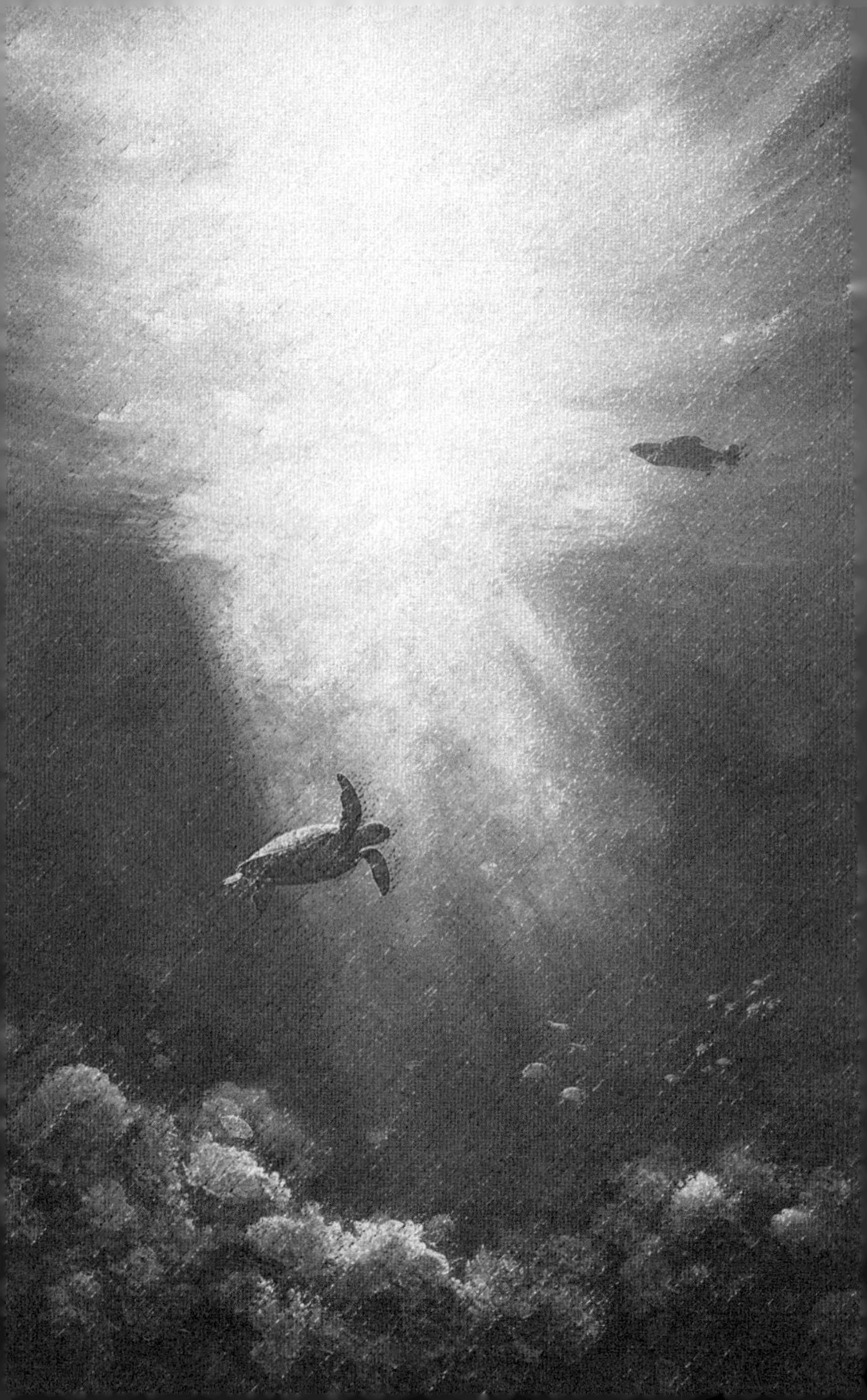

當海浪從牠身後打來,牠會順勢划得更快,
利用水流幫助自己前進。
綠蠵龜從來不與海浪對抗。
相反地,牠利用海浪。

When the pull of the wave was from behind him though,
he'd paddle faster,
so that he was using the movement
of the water to his advantage.
The turtle never fought the waves.
Instead, he used them.

CHAPTER 13

我在想,
還有哪些其他「打來的海浪」占據每天的時間和精力,
我花了多少時間在那些事情上?

逆流

我仔細回想她說起綠蠵龜之前的內容。

「妳剛才說，」我開口。「一旦一個人知道自己為什麼而存在——知道自己的PFE——就會把時間投入在能夠實現它的事情上。妳也說過，那些不知道自己存在意義的人，也會花很多時間做很多事。那時我的結論是，他們是把時間花在不能幫助自己實現意義的事情上。」

凱西點了點頭。「目前為止都很有反思性，看來你快要領悟了。」

「對，快了。」我對她的打趣回以微笑。「我認為那隻海龜……呃，綠蠵龜教會了妳，如果不專注於自己真正想做的事情，可能會無謂地浪費時間和精力。等到

機會來了,也已經沒有心力去把握了。」

她認同。「很棒。我也感謝你特意強調『綠蠵龜』而不是『海龜』。」她停了一下,變得嚴肅起來。「那對我來說是一個非常重要的時刻,絕對是我人生中的『頓悟』時刻之一。

「每一天,有那麼多人希望你把時間和精力留給他們。想想你收到的各種信件,如果你參與、回應所有收到通知的活動、促銷和服務,幾乎就沒有空閒了。而這還只是你收到的訊息而已,要是加上想要霸占你注意力的各種節目、網路活動、美食、旅遊資訊……

她停頓了下。「**你很快就會發現,自己只是過著跟別人一樣的生活,或是別人希望你這麼過的生活。**

「第二天,遇見綠蠵龜回到海灘之後,我心中充滿了各種領悟。我坐在沙灘巾上,將這些想法寫在日記裡。我意識到,在人生中,**迎面打來的浪潮就是所有試圖消耗我的心思、精力和時間,但都與我的存在意義無關的人事物。**

「往外退去的浪潮，則是那些能幫助我實現存在意義的人事物。所以我在打來的海浪上浪費的時間和精力越多，就沒辦法跟隨往外的海浪。一旦想清楚，事物與觀點真的都變得不一樣了。我更審慎地評估自己『划水』的頻率，以及『為什麼』而划。」

我點點頭，回想著她的故事，也開始思考自己每天大部分的時間是怎麼度過的。「有意思，」我說：「我明白妳為什麼會說從綠蠵龜身上學到了一課。」

凱西笑著從桌子旁站起來。「我就知道你會懂。」她指著我那幾盤食物。「但是我覺得自己好像妨礙你用餐了，不如你先專心吃早餐，我等一下再過來。」

一個念頭突然閃過我的腦海。「等等，凱西，我可以跟妳借張紙和筆嗎？」

「可以啊。」她從圍裙裡拿出一支筆，撕下一張點餐紙，把它們放在桌上。

她對我眨了眨眼。「答案會讓你很驚訝喔。」

「妳怎麼知道！」我還沒說完，她已走去廚房。

我拿起筆，開始在紙上算了起來。人類的平均壽命七十八歲……二十二歲時，我大學畢業……每天有十六個小時是醒著的……還有，每天要花二十分鐘處理各種信件……。

當我算完時，簡直不敢相信自己的答案。我又算了一遍，結果還是一樣。

我這才意識到，對於「迎面而來的浪潮」造成的影響，凱西沒在開玩笑。如果從大學畢業算到七十八歲這期間，我每天花二十分鐘打開並查看自己並不真的有興趣的信件，就耗掉了我生命中的一年多。

我第三次驗算，確實沒錯。

「怎麼樣？」凱西正從廚房走向咖啡館的另一頭，但看到我瞪著紙張時停了下來。

「妳是對的。」我回應。「我真的很驚訝。其實不只是驚訝，是震驚。妳知道光是處理這些垃圾信件，就可以耗掉超過一年的時間嗎？」

她笑了笑。「不是所有信件都是垃圾，約翰。」

「我知道，但很多信是垃圾沒錯。再說也不只是信件，我在想，還有哪些其他『打來的海浪』占據我每天的時間和精力？我花了多少時間在那些事情上？」

「值得你好好思考。」她說。「這就是為什麼遇見綠蠵龜對我的影響這麼深遠。」

每一天,

有那麼多人希望你把時間和精力留給他們。

你很快就會發現,

自己只是過著跟別人一樣的生活,

或是別人希望你這麼過的生活。

Each day there are so many people trying to persuade you
to spend your time and energy on them.
You can quickly find yourself living a life that's just a
compilation of what everyone else is doing,
or what people want you to be doing.

CHAPTER
14

一般的咖啡館裡可不會出現這樣的對話——
你為什麼而存在？
一旦知道自己存在的意義，你會做什麼？
你能從一隻綠蠵龜身上學到什麼？

商人和漁夫

凱西走向咖啡館的另一頭，而我開始享用美味的鬆餅，同時回想與她和麥克的對話。一般的咖啡館裡可不會出現這樣的對話——你為什麼而存在？一旦知道自己存在的意義，你會做什麼？你能從一隻綠蠵龜身上學到什麼？

幾分鐘後，我吃掉不少水果時，麥克過來了。

「約翰，食物怎麼樣？」

「太好吃了，這地方真不錯。你知道嗎？你真的應該考慮開連鎖店，可以賺更多。」

麥克微笑著說：「搞不好我已經賺到一大筆了。」

「那你為什麼會在這裡工作？」我一說出口就覺得自己不該說出口，但來不及了。我帶著歉意地看著

他。「抱歉,麥克,我不是說這裡不好,我只是……其實我也不確定自己是要說什麼。」

「沒關係,」麥克說:「我已經被問過不止一次了。」他看了我一會兒。「你有沒有聽過一位商人去度假、遇到漁夫的故事?」

我搖了搖頭。「沒有。」

「這故事和你給我的建議有關,想聽嗎?」

「好啊。」我回答道,並示意他坐在對面的座位。「請坐。」

麥克點了點頭,坐了下來。「故事是這樣的。有一位商人去度假,想要遠離塵囂,也可以說是『充電』吧!所以他飛到了一個遙遠的地方,走進一個小村莊。在那幾天,他觀察村莊裡的人們,注意到有個漁夫過得特別快樂和知足。商人很好奇,有一天他找到漁夫,問他每天都在做什麼。

「漁夫說,每天早上起床後,他會和妻子、孩子們一起吃早餐。然後孩子們去上學,他去捕魚,妻子則會

畫畫。捕了幾個小時之後，他帶著足夠全家吃的魚回家，接著小睡一會兒。晚餐後，他和妻子沿著海灘散步，欣賞日落，孩子們則在海裡游泳。

「那位商人驚呆了。『你每天都這樣嗎？』他問。『大部分是這樣。』漁夫回答。『有時候我們會做點別的事，但大多數情況下，這就是我的生活。』

「『那你每天都能捕到魚嗎？』商人問。『可以。』漁夫回答。『魚很多啊。』

「商人再問，『除了帶回家吃的魚之外，你還能捕到更多的魚嗎？』

「漁夫看著他，笑著回答：『可以啊，我常常捕到很多魚，又把牠們放了。你看，我就是喜歡釣魚。』

「『那你為什麼不整天捕魚，儘量多捕一些？』商人問。『這樣你就可以靠著賣魚賺大錢，很快就能買第二、第三艘船，雇用更多漁夫來捕魚。再幾年，你可以在大城市裡開公司。我打賭，十年內你可以開一間國際漁業公司。』

「漁夫只是對商人微笑。『可是，我為什麼要做這些事呢？』」

「『為了賺錢啊？』商人回答。『你這麼做就能賺很多錢，然後退休養老。』」

「『那我退休後要幹嘛？』漁夫依然微笑著問道。」

「『我想，隨便你要幹嘛吧。』商人回答道。」

「『例如，和我的家人一起吃早餐？』」

「『嗯，可以啊。』商人說，有點惱於漁夫對自己的提議興致缺缺。」

「『那我很喜歡捕魚，只要我想，退休之後也可以每天捕點魚？』漁夫繼續說。」

「『當然可以。』商人說：『到那時，魚可能沒有那麼多，但應該還是捕得到。』」

「『或者我可以和妻子一起沿著海灘散步，看看夕陽，孩子們同時在海裡游泳？』」

「『當然，隨便你，雖然那時你的孩子可能已經年紀不小了。』商人說。」

「最後漁夫對那個商人微笑,跟他握了握手,祝他假期愉快。」故事說完了,麥克看著我,並問我:「你覺得這故事怎麼樣?」

我停頓了一下。「我覺得我有點像那個商人。為了賺夠錢退休,把大部分的時間都花在工作上。」

麥克點了點頭。「我以前也是這樣。直到有一天,我領悟了一件非常重要的事。我以為,退休是將來的事,到那時候,我有足夠的錢做自己想做的事情,自由地參加喜歡的活動,每天都過得充實而滿足。

「某個晚上,我度過了特別糟糕的一天,得出一個結論:一定還有更好的生活方式。過了一陣子,我意識到自己對生活越來越迷惘。那麼簡單的事,我卻搞不懂,太荒謬了,但無論如何就是想不通。」

我看著麥克。「結果呢?後來你想通了嗎?」

「我弄清楚了,對我來說,**每一天都是一個機會,可以回答菜單背面的那個問題,做自己真心想做的事情**。我不需要等到『退休』再做。」

我放下叉子，靠回椅背。我有點訝異答案竟然這麼簡單。「這也太簡單了吧？」我說：「如果這麼容易，為什麼每個人不多花點時間做自己想做的事？」

麥克笑了笑，說道：「哦，或許每個人的狀況都不一樣。」他看著我。「約翰，你的時間都花在做自己想做的事嗎？」

話題怎麼轉到這裡來了？我本來希望麥克繼續說下去，而我只要當個聽眾就好。

我思考了一下他的提問。

「不，並沒有。」我回答。

「為什麼？」

我沒料到會被問。我聳了聳肩。「說實話，我也不知道。我上大學時，我其實不知道自己到底想唸什麼科系；有個科系我有點興趣，很多人也說這科系以後比較容易找工作，於是我就唸了。畢業後，我開始工作，人生目標漸漸變成賺更多的錢。最後，我有個高薪的工作，也就這樣安於現狀。」

我停了停,說:「我也不確定自己有沒有想過這個問題。」接著,指了指菜單。「直到今晚。」

　　麥克點了點頭。「就像我說過的,有意思的是,每個人都會在不同時間,以不同方式面對這個問題。」

　　我微微搖了搖頭。「這真的很瘋狂。」

　　「什麼很瘋狂?」

　　「我們剛才聊的事情啊,為什麼我們花這麼多時間等待未來再做自己想做的事,而不是現在就做?」

　　麥克慢慢地點了點頭。「關於這個問題,有個人也在這裡,或許能跟你分享一些想法。」

　　「誰?」我問道。

　　「等我一下。」麥克回道。他站起來,走向和其他客人說話的凱西。

　　我聽不清他們說了些什麼,但過了一會兒,其中一個客人站起來,和麥克一起朝我走來。

為什麼我們花這麼多時間
等待未來再做自己想做的事,
而不是現在就做?

Why is it we spend so much of our time preparing for
when we can do what we want,
instead of just doing those things now?

CHAPTER 15

廣告的目的是讓你相信,
只要透過某個特定產品或服務,
你的人生就會圓滿。

訊息

他們來到我的桌旁,麥克為我介紹這位客人。

「約翰,這是我的朋友,安妮。」他看向安妮。「這是約翰,今晚是他第一次來咖啡館。」

我起身,安妮和我握手致意。「嗨,很高興認識妳。」我說。「聽麥克的介紹,妳是這裡的熟客?」

她微笑著說:「算是吧!這是一個在你最需要的時候,自然而然會想來的地方。」

我同意。「我也有這種感受。」

「約翰和我剛剛在聊一個妳最喜歡的話題,或許可以聽聽妳這個專家的觀點。」

她笑了。「我不確定自己是不是專家,但是不缺觀點。你們剛剛在聊什麼?」

「約翰在問,為什麼我們不能當下就做自己想做的事,要花那麼多時間準備將來再做?」

「啊,這確實是我最喜歡的一個話題。」她說完便笑了起來。

安妮的笑聲很有感染力,我立刻對她產生好感。「坐吧,安妮。我很想聽聽妳的觀點。還有麥克,如果你有時間的話,我也想聽聽你的想法。」

等我們都坐下來以後,麥克開口。「在安妮分享之前,應該先了解一下她是誰。安妮擁有世界頂尖商學院的高等學位,而且多年來在廣告業擔任高階主管,名氣響亮。」

「哇!」我回應。「聽起來好厲害。」

「哪裡,太客氣了。」安妮笑著說:「不過這段背景和接下來的話題也有關係。」她頓了頓,看著我。「約翰,你平常會看電視、雜誌、上網或聽廣播嗎?」

「當然會啊。」我回答。「怎麼了嗎?」

「為什麼我們不能當下就做自己想做的事,卻花那

麼多時間準備以後再做？這個問題的答案之一，就藏在我們每天接收的各種訊息中。」她說：「廣告公司很清楚，只要你能觸動人們的恐懼和慾望，就能刺激他們去消費。如果能夠正確利用恐懼或慾望，就能讓他們買下特定的商品、使用特定的服務。」

我有點困惑地看著她。「妳能舉個例子嗎？」

她點了點頭。「你有沒有看過或聽過一種廣告，訴求是要讓你開心或產生安全感，透露著那種『如果你擁有這個產品，生活就會變得更好』？」

「應該有吧？」我回答。

「那種訊息通常很微妙。」她解釋。「大多數時候，廣告公司不會直接表達出來；但是當你知道廠商的目的或參與過廣告製作時，你就會懂。廣告的目的是讓你相信，只要透過某個特定產品或服務，你的人生就會圓滿。

「例如，開這種車款會為你的人生賦予意義，吃了那牌的冰淇淋會帶來快樂滿足，擁有這顆鑽石會讓你更

幸福。

「還有，」她繼續說道：「我要說一件非常重要的事情。廣告通常還會傳達一個更隱晦但更有力的訊息——擁有那些商品讓你滿足，如果沒有擁有，人生就不夠圓滿。」

我有點疑惑地看著安妮。「妳的意思是我們都不應該買東西嗎？這個想法有點不現實吧。」

她輕輕地搖了搖頭。「不，你誤會了，我不是說不要買車、吃冰淇淋或逛街購物。我反而堅信每個人都應該做自己想做的事。但為什麼我們花這麼多時間在準備想要的生活，而不是直接去過那樣的生活？部分原因在於我們每天被大量資訊所影響，把自己的幸福感和滿足感寄託於某個商品或服務。」

她聳了聳肩。「最後，導致我們陷入財務困境，必須繼續去做自己不想做的事情。」

我疑惑地開口：「我不太懂妳的意思。」

「我再舉個常見的例子好了。」安妮回答。「這案例並不適用於每個人,但是應該有助於解釋剛才討論的問題。」

廣告通常還會傳達一個
更隱晦但更有力的訊息——
擁有那些商品讓你滿足，
如果沒有擁有，人生就不夠圓滿。

An even more subtle, but more powerful message
is usually conveyed.
Not only will those products enable you to be fulfilled
if you have them,
but not having them can keep you from being fulfilled.

CHAPTER
16

工作缺乏成就感,又投入了很多時間,
於是我們越來越不滿足。
漸漸地,我們開始憧憬一個被神化的未來,
一個再也不必工作的時候,
那時可以過著自己想要的生活。

惡性循環

「從小，我們就接觸到各式各樣的廣告，收到的訊息是：滿足感來自於物質。」安妮開始解釋。「那麼，我們會怎麼做呢？」

我聳聳肩。「可以買些東西來驗證廣告說的是不是真的？」

她點了點頭。「沒錯。問題在於，為了買東西，我們需要什麼？」

我又聳了聳肩。「錢？」

「你又答對了。」她說：「為了解決這問題，我們得有個工作；工作可能不是那麼好，花在工作上的時間也不一定符合自己理想的時間分配。然而，有這份工作就買得起自己想買的東西，所以我們告訴自己，這只是

暫時的，之後我們就能做點別的，逐漸靠近真正想要的生活。

「問題是，工作缺乏成就感，又投入了很多時間，於是我們越來越不滿足。同時，身邊又有人總在說，多麼期待未來退休之後可以做自己想做的事情。

「漸漸地，我們開始憧憬一個被神化的未來，一個再也不必工作的時候，可以過著自己想要的生活。

「與此同時，我們過著不想要的生活，為了補償自己，於是花了更多的錢購物。我們希望在某種程度上，廣告說的是真的，那些商品會為我們帶來真實生活中欠缺的滿足感。

「不幸的是，我們買的東西越多，要付的錢也越多，因此又要花更多時間工作。但我們並非真心想花那麼多時間工作，於是產生了更多的不滿，因為更沒有時間去做自己想做的事。」

「然後我們就去買更多東西。」我說：「我想我懂了，這聽起來像是落入惡性循環。」

「不管是惡性還是良性，」安妮回答。「最終的結果都是人們不停地工作，忙著那些不一定能實現存在意義的事情，同時期待未來有一天不必工作，可以隨心所欲地生活。」

安妮說完，我們靜靜地坐了一會兒。「哇……，」終於，我開口。「我從來沒有這樣想過。」我看看安妮，又看向麥克，再看向她。「真的是這樣嗎？」

他們兩個笑了起來。「約翰，我不希望你就這樣相信廣告訊息，而是要看清它們的本質；同樣地，我也不希望你完全接受我的觀點。」安妮回道：「凱西說你們討論過，現在每個人都有機會接觸更多新事物，能夠擴展眼界和認知。」

我點了點頭回應。

「我分享的只是我個人的看法。現在你聽完了，可以自己觀察，判斷其中哪些是真的？全都是真的？或者全都是胡說八道？」

與此同時，我們過著不想要的生活，
為了補償自己，於是花了更多的錢購物。
我們希望在某種程度上，廣告說的是真的，
那些商品會為我們帶來生活中欠缺的滿足感。

In the meantime though,
to offset the fact that we aren't spending every day doing
what we want,
we purchase more things.
We hope in some small way
the advertising messages are true.
That those items will bring the fulfillment
our daily life doesn't.

CHAPTER 17

我正在錯過自己的人生,
把時間浪費在一個我並不在乎的工作上,
買些也不是真心喜歡的東西來補償自己。

內耗

我沉澱了幾分鐘,回想安妮的話。然後,我看著她。「妳剛才舉的那個例子,妳自己也經歷過嗎?」

她點了點頭。「我當然也經歷過啊。現在我可以這樣拿這段經歷來談笑,但當時真的一點也不好笑。那時的我真的很不開心,感覺自己無法掌控自己的人生。」

「怎麼說?」我問。

她停了一下。「那時,我有個看似很合理的生活方式。『我整個週末都在加班,』我對自己說:『應該犒賞自己一下,買點新衣服、最新的3C產品,或是一些時髦的家飾品。』」

她看著我說:「問題是,我總是在工作,哪有時間享受犒賞自己的東西?來我家做客時,朋友都說好喜歡

我家的布置,但我很少在家,幾乎沒時間享受。

「有一晚,我對完一大堆帳單,想著這個月大部分的薪水又要拿去付帳單,我倒在床上,盯著天花板,努力不讓自己哭出來。我意識到,**我正在錯過自己的人生,把時間浪費在一個我並不在乎的工作上,買些不是真心喜歡的東西來補償自己。**

「雪上加霜的是,為了有一天能夠隨心所欲地生活,我必須工作到六十歲才能退休。」她頓了一下,看著我。「這種感覺真的很痛苦。」

「但妳現在的心態完全不同了,」我問她:「是什麼改變了妳的想法?」

安妮點了點頭,說:「那天晚上,在盯著天花板發呆,並試著弄清楚我為什麼會落入這種困境之後,我決定出去走走。我住在大城市裡,街上人來人往,我不停看著每個經過我身邊的人,好想知道他們是不是也跟我一樣?

「他們快樂嗎?在做自己想做的事嗎?他們覺得人

生很充實、滿足嗎?最後,我停在一家見過好幾次,但從未拜訪過的小咖啡店門口。」

安妮瞥了麥克一眼,笑著說:「驚訝的是,有個熟人正好坐在店裡。我之前見過他幾次,很有印象,因為他看起來總是那麼從容自在。

「他邀請我一起坐坐,於是我們聊了三個多小時,喝了好幾杯咖啡,交換彼此對人生的看法。當我說了自己的情況時,他笑了笑,提醒我可能是看太多自己的廣告。我不明白他的意思,他解釋了我幾分鐘前和你說起的那個惡性循環,接著又說起另一件事,一件我始終記得清清楚楚的事。

「『轉變在於,』他解釋。『**某件事是否令人感到圓滿,是由我們自己決定,而不是由別人告訴你。**』」

「哇!」我發出讚嘆。

安妮再次看了麥克一眼,點了點頭。「嗯,所以那天晚上回家之後,我坐下來反思,**對我來說什麼是充實的人生,以及為什麼?我逼自己去思考,我想怎麼度過**

每一天？沒過多久，我又問自己**為什麼想那樣度過每一天**？最後，這些反思引導我來到這個問題——」

我低頭一看，安妮正在指著菜單。

你為什麼在這裡？

「然後呢？」我問道。

安妮笑說：「凱西可能已經跟你說過，一旦你捫心自問：『我為什麼而存在？』一切就會改變。我可以告訴你，自從那個晚上之後，我再也不是從前的我。」

「真的嗎？」我問道。

她點了點頭。「慢慢地，我每週多留一點時間給自己。我不再用物質來犒賞自己辛苦工作，而是做自己想做的事當成獎勵。每天，我至少花一個小時做些真心喜歡的事，有時候是讀一本想看的小說，有時候是去散散步或運動。

「然後，一個小時變成了兩個小時，再變成了三個

小時。等我意識到的時候,我已經全心全意地投入在自己真心想做的事,能夠回答我心中的提問:『我為什麼而存在?』」

某件事是否令人感到圓滿,
是由我們自己決定,
而不是由別人告訴你。

The challenge is to realize that something is fulfilling
because we determine it's fulfilling.
Not because someone else tells us it is.

CHAPTER
18

我差點忘了菜單上的另外兩個問題。
第一個問題已經讓我深入探索了那麼多,
我不確定自己是否準備好去思考其他兩題。

共鳴

安妮轉頭問麥克:「你和約翰討論過死亡了嗎?」
「討論什麼?」我錯愕地問道。
安妮笑了笑,指向菜單。「第二個問題。」
我低頭看了看。

你害怕死亡嗎?

我差點忘了菜單上的另外兩個問題。第一個問題已經讓我深入探索了那麼多,我不確定自己是否準備好去思考其他兩題。
「這些問題是彼此相關的。」麥克說道。
又來了!又是那種被讀到心思的感覺。虧我覺得這

就是一間普通的咖啡館——但其實，我應該從來沒有這麼想過。

「彼此相關是什麼意思？」我問道。

「你怕死嗎？」安妮問。「大多數人都怕吧？這是人們最普遍的恐懼之一。」

我聳聳肩。「我不曉得。我的意思是，我還沒體驗完人生，並不想死，但也不會每天在煩惱這件事。」

安妮看著我。「那些沒有問過自己這些問題的人，也沒有努力去實現存在意義的人……，」她頓了一下。「那些人就會害怕死亡。」

我語塞。我看了看安妮和麥克。「你是說，大多數人每天都會花點時間思考死亡嗎？真的嗎？至少我肯定不會啦。」

麥克笑了笑，輕輕搖了搖頭。「不，約翰，不是那個意思。我們討論的主要發生在潛意識層面。」他猶豫了一下，接著說：「**隨著時間過去，人們直覺知道留給自己想做的事的日子又少了一天；他們害怕的是未來的**

某一刻，再也沒有機會了——他們害怕的是死亡降臨的那一天。」

我思考了一下這段話。「但這也不一定吧？如果有人問自己存在的意義是什麼，決定做自己想做的事情，實現意義，也真的做了那些事情……那麼他們為什麼要害怕死亡？如果你已經完成心願，或者每天都在做自己想做的事，那就不會害怕沒機會去做啊？」

安妮看向麥克，他輕輕點了點頭。接著，她看向我，笑著輕聲說：「是啊，的確不需要害怕。」她的手越過桌子，放在我的手上。「很高興認識你，約翰，和你聊天也很開心，但我得回去找我朋友了。」

「我也很高興認識妳。」我回道：「謝謝妳和我分享自己的故事。」

我們都站了起來，安妮離開了卡座，回到她的座位。我滑回到自己的座位上。感覺哪裡有些不一樣了，似乎剛剛獲得了一些非常珍貴的東西，而且必定影響深遠。

麥克看著我。「你還好嗎？約翰，你看起來有點無所適從。」

我點了點頭。「我只是在想，你和安妮說的很有道理，我很驚訝之前從沒聽過，自己也沒想過。」

他微笑著說：「**萬事自有其時機**，約翰。也許你以前有過這些想法，但那時的你還沒準備好。」

麥克探過身，從桌子上拿了兩個空盤子。「我幫你清理一下桌面吧！」他朝著放薯餅的盤子點了點頭。「你還要嗎？」

「當然要啊！」我從沉思中回到眼前的食物。「它們都太好吃了，而且我肚子裡有一點空呢！」

麥克離開了，我回想剛剛自己、安妮和他討論的東西，一切都需要時間好好消化。我想到安妮的故事和廣告的效應，我對成功、快樂和滿足感的定義有多少是受到別人影響呢？很難弄清楚了。但我決定從現在開始，要多留意話語背後傳遞的訊息。

至於探討死亡則是另一回事。

聊過之後，我知道自己對那些提問有了更深一層的理解。這不是說我以前過得沮喪絕望，成天煩惱死亡。我甚至很少想過「死亡」這件事。但活出實現人生意義的日子，從不同的視角重新看待每一天，讓我產生了深切的共鳴。

「如果你已經做到想做的事，或者每天都在做自己想做的事，就不需要害怕失去做那些事的機會。」我自言自語。

真希望我能早一點想通這件事。「不過，」我反省。「**光是知道是不夠的，重要的是真正去行動。**」

隨著時間過去,人們直覺知道留給
自己想做的事的日子又少了一天;
他們害怕的是未來的某一刻,
再也沒有機會了——
他們害怕的是死亡降臨的那一天。

As each day passes,
people intuitively know they're another day closer to
not having a chance to do what they want in life.
What they fear is that day
that exists sometime in the future,
when they'll no longer have the chance.
They fear the day they'll die.

CHAPTER 19

如果我總是做自己想做的事情,
生活會是什麼樣子?
如果我把時間都花在熱愛與熱忱的事情上,
又會發生什麼事?

Are you fulfilled

恐懼

我低頭看向放在桌子中間的菜單。

你為什麼在這裡?
你害怕死亡嗎?
你感到滿足嗎?

和第一次看到這些問題時相比,它們似乎不再那麼古怪了。甚至,現在變成更具意義的問題了。

你感到滿足嗎?

當你不但知道自己為什麼而存在,也真正開始為之

努力，才能夠得到滿足。我心想。

「但要做到並不容易，對不對？」

我嚇了一跳，抬頭一看。凱西微笑著，手中拿著水壺為我的水杯加水。我根本沒聽到她的聲音。跟麥克一樣，她好像是突然從哪裡冒出來的。

「對啊，是不容易。」我試圖釐清思緒。「我的意思是，我知道怎麼做好現在的工作，很上手，也因此賺到錢。」我頓了一下。「如果我問自己為什麼而存在，也找到了答案，卻不知道怎麼開始，或者找不到能實現人生意義的工作，怎麼辦？我該怎麼養活自己？怎麼為退休做準備？」

我搖了搖頭。「而且要是我不擅長那些事呢？如果我要做的事會被其他人嘲笑或看不起，該怎麼辦？」

當我分享自己的恐懼時，凱西點了點頭，看著我。「約翰，要是有個人一步步地找到存在的意義，找到真正的答案，你認為他們會對自己的發現非常興奮嗎？」

我想了一下，試著想像那個情境。「應該會。」我

回答。「如果他們真的找到自己存在的意義,我想很值得興奮啊。」

「做些能實現存在意義的事情,也很令人興奮嗎?」她問。

我遲疑了。這問題似乎太簡單了點。我是不是聽漏了什麼?我心想。

「當然,」我回答:「為什麼不會?能做想做的事,一個人無論多麼興奮、多有熱情都不奇怪啊!」

凱西點了點頭,說:「那你認為,人們為什麼做不到呢?」

我看著她,不知道該如何回答。

「你見過那種每天充滿熱情、全力以赴的人嗎?」她接著問:「他們是不是都把時間花在自己真正熱愛的事情上?」

我想了想。「我有認識幾個這樣的人,但不多。」

「他們都很擅長自己所做的事嗎?」凱西問道。

「是啊,」我有點酸溜溜地回答。「花那麼多心力

在上面,應該要很厲害吧!他們讀了相關的書,看的節目和影片也是,還會參加相關活動⋯⋯接觸了那麼多,他們應該要很擅長自己做的事情啊。」

「他們不會覺得一直做這些事很累嗎?」她問。

「不會。」我搖了搖頭。「做這些事就像充電一樣,似乎怎麼也不夠。而且——。」

我說到一半,停住了。

凱西對著我微笑。「那麼,你覺得他們會不會很難找到工作?」

我頓了一下,想了想。「我認識的人沒有這問題。他們對自己喜歡的事非常了解,又充滿熱情,大家總是會請教他們的意見,也常常希望能和他們共事。」

「我想像得到,他們應該是非常積極樂觀的人。」她說:「**他們可能不需要擺脫一切,跑去『充電』。**」

凱西的評論讓我出神了一會兒。從這個角度去思考,很有意思。如果我總是做自己想做的事情,生活會是什麼樣子?如果我把時間都花在熱愛的事情上,又會

發生什麼事？

「但這樣能賺到錢嗎？」過了一會兒，我問她：「光是擅長或精通某件事，並不等於能賺很多錢。也許是可以找到工作，但不代表薪水很好吧？」

當你不但知道自己為何而存在，
也真正開始為之努力，
才能夠得到滿足。

Until you go beyond merely knowing why you're here,
and actually start working towards it,
I don't think you can be fulfilled.

CHAPTER
20

為什麼要等到以後才做想做的事?
現在、隨時都可以開始。

Are you fulfilled

金錢

　　我有點自豪於能注意到這個重點。「畢竟,」我繼續說:「誰知道一個人會認為什麼事情是有意義的?」

　　凱西點了點頭。「我懂了。」她慢慢地說:「那麼,讓我們來假設一個有關金錢的難題。一個人可以每天都做自己想做的事,朝著實現生命意義而努力,但他們並沒有賺到『很多』錢,唉,真的很慘。」

　　「想像一下,」她繼續說道:「他可能會發現,自己一直以滿足人生的存在意義而活,一輩子做著想做的事情,因為他知道自己為何而存在。」她停頓了一下。「但是⋯⋯可能到了六十五歲,退休金卻不夠。」

　　「那怎麼辦?」她問,聲音充滿戲劇般起伏。「我猜他只能繼續做自己想做的事。真的蠻悲哀的。」

我翻了個白眼，大笑著說：「凱西，妳想酸人的時候真是非常酸呢！」

她笑了笑，繼續說：「我只是想確定自己沒有誤會你的意思。」

「懂了，懂了。這讓我想起麥克那個關於漁夫的故事。**為什麼要等到以後才做想做的事？現在、隨時都可以開始。**」

「沒錯，而且不只這樣。」她回答。「你和安妮不是聊過為什麼人們會購物嗎？」

我點了點頭。「有啊。她說，對很多人來說，他們賺錢的部分動力是為了可以買更多東西；因為生活或工作並不符合自己真正的期望，就會想用物質來滿足。但一不小心，這就形成一個惡性循環：買得越多，就要花更多時間工作來支付這些開銷。」

我看著凱西，但她沒有回應。我想了一會兒，總覺得自己好像漏掉了什麼。「這不是最糟糕的情況嗎？」我問。

凱西點了點頭。

我又思索了一下。「我想，首先，**一個人即使在最糟糕的情況下，仍然能選擇不同的作為。**」

凱西再次點了點頭。

「而且，既然有最糟的情況，代表也有最好的情況；一個人可以做自己想做的事而賺很多錢，同時也實現自己存在的意義。」

凱西又點頭認可我，但依然不說話。

我靠在椅背上，喝了一口水。我知道自己還沒搞清楚到底漏掉了什麼，正想要她給一點提示時，一個念頭突然閃過腦海。

「或許有沒有錢並不是重點。」我說：「我的意思是，這取決於每個人自己的狀況，但是……。」我停了一下。

「但是？」凱西問道。

我轉頭環顧四周。所有的線索都出現了，我只需要正確地排列組合——突然間，它出現了。

「你還好嗎?」凱西笑著問道。

「工作的一部分目的當然是為了賺錢。」我興奮不已地開口:「我需要金錢來支付自己購買的東西,但當我思考那些東西對我的真正意義時,我的確有點像我和安妮討論過的那種人。那些都是能讓我暫時逃避現實的東西,幫助我紓壓、感覺好過一點。

「但我疑惑的是,**如果我不用『逃避』,還會覺得需要這些東西嗎?**或者如果我不需要『紓壓』呢?如果我做的是自己真心想做的事,應該就沒什麼好逃避的,也不會累積那麼多壓力需要發洩吧!」

我驚奇地看著凱西。「這不是說我要去哪座森林裡隱居,但我認為,**『很多錢』的定義,可能會根據每個人實現存在意義的進展而有所不同。**」

「所以你的意思是人應該停止追求更多的財富?」凱西問。

「不,」我搖頭。「我的意思是,對我來說,如果我能弄清楚自己為何而存在,而且去做我認為能夠實

現存在意義的事情,或許就不會像現在這樣在意金錢了。這才是我想要表達的。」

凱西笑著點了點頭,從桌子旁站起來,取走兩個空盤子。「你的想法很有趣,約翰。」

我環顧了一下咖啡館。

「因為我來到了一個有趣的地方。」

如果我不用「逃避」，
還會覺得需要這些東西嗎？

如果我能弄清楚自己為何而存在，
而且去做我認為能夠實現存在意義的事情，
或許就不會像現在這樣在意金錢了。

What I'm wondering,
is how much of that would I feel the need to buy,
if I didn't have the need to 'escape'?

I think if I figured out why I'm here,
and I was doing what I determined would fulfill that—
I'd probably be a lot less concerned about money than I am.

CHAPTER 21

他們看起來是真的很快樂,
似乎很享受自己所做的事。
他們也非常有自信,
似乎就是知道,事情會如他們所願。

Are you fulfilled

好運的祕密

　　幾分鐘後，凱西又回來了，再次在我對面坐下。「約翰，我把盤子送回廚房時，麥克提到一件你可能有興趣的事。和我們剛才討論的話題有關——當人們想嘗試實現自己的存在意義時，可能會遇到些挑戰。」

　　「妳是說他們要怎麼賺錢的挑戰嗎？」我回答道。

　　「那只是其中一個，還有別的。」

　　我點了點頭。「我想聽聽看。」

　　「為了要說清楚，」她開始說道：「我需要你回想一下之前聊過的那些人。」

　　「你是說那些我認識的、對自己做的事情全心投入的人嗎？」我問。「那些把每一天都用在真正喜歡的事情上的人？」

她點了點頭。「就是他們。你觀察過他們有什麼特別的地方嗎？」

「嗯，有個女生是做銷售的──」

「其實，」凱西插話道：「不只是他們做什麼工作，你要想得更廣一點。他們整個人有什麼特質嗎？」

我往後靠在椅背上，閉上眼睛片刻，腦海中浮現了那些人的模樣。我再次看向凱西。「嗯，我之前提過，他們看起來是真的很快樂，似乎很享受自己所做的事。他們也非常有自信，並不是裝出來的；他們似乎就是知道，事情會如他們所願。」

我頓了一下。「聽起來有點奇怪，但他們的另一個特色是都很幸運。我的意思是，他們身上總是會有些出乎意料的好事。」

「比如什麼？」凱西問道。

「我想到一個女性朋友，她在廣告業工作──我和安妮聊過之後，再舉這個例子似乎有點怪，但總之，她當時在努力爭取一個大客戶。我不記得是哪個客戶，但

卻是一個很大的案子,很多人試過,也都失敗了。

「她決心要拿下這個案子,大概花了兩週準備客戶簡報之後,接到一通來自大學同學的電話。他們兩個已經很久沒聯絡了。電話中,他們聊起工作,她提到自己正努力要拿下這個客戶,而這個老同學剛好有個朋友就在那間公司上班。

「打了幾通電話後,他們三個人約好一起吃晚餐。果然,幾個星期後,我朋友拿到了那個案子。」我聳了聳肩。「這就是我說的,他們身上總會有些意想不到的好事。這些人就是非常幸運。」

「你覺得為什麼會這樣?」凱西問道。

我想了一下。「我也不確定,巧合吧?但有趣的是,妳要我想想那些真正樂在生活的人,**這些人都把時間花在看似能實現存在意義的事情上,而好運似乎也總是發生在他們身上。**」

凱西微笑地望著我。「這種事只發生在那些人身上嗎?你沒有經歷過類似的事?」

我靠向椅背。「還是有吧？我一時想不起具體的什麼事，但我記得，意想不到的好事偶爾會恰巧在我需要的時候發生。」

凱西點了點頭，接著說：「約翰，如果你能記住那些發生在自己身上的特定情況，我想你就會找到這兩者之間的關聯。」

「比如在那些時候，我做的正是自己真正想做的事？」我問道。

這些人都把時間花在
看似能實現存在意義的事情上,
而好運似乎總是發生在他們身上。

They're the ones spending time on things
that seem to be in line with their PFE.
These types of lucky events seems to happen all the time
for those people.

CHAPTER
22

他們看起來走在正確的道路上,
讓你很想幫他們一把。

熱情的力量

當我說出這句話時,感覺一陣震顫穿透身體。之前也有過這樣的感受,好像是我對自己有了更深刻、更重要的領悟。

凱西笑了笑。「約翰,我不能幫你回答,**但是在這間咖啡館工作,看著客人來去,我注意到某些人們的共通之處。那些了解自己的存在意義、並做著自己想做的事情的人,看起來確實特別幸運。**意想不到、看似巧合的事情總發生在他們最需要的時候。

「我問過其中一些人,他們也同意這種現象的存在,但原因和看法不盡相同。說實話,大多數人並不在乎發生的原因。他們知道自己在實現存在意義時,就會特別好運,而且也只是把好運當成事情發展順利的徵兆之一。」

「真奇怪，」我回答。「聽起來很玄。」

她點了點頭。「有些人也這麼說。其他人則認為是自然法則的運作，或者是某種更高力量的作用，也有些人只是覺得自己運氣好。不過他們都認同有這樣的事，而且它確實是事情成功的因素之一。」

我安靜了一下。「妳是怎麼想呢？凱西。」

她想了一會兒。「坦白說，我也不確定。我猜，或許並沒有一個特定原因，而是互相關聯。你聽過『指數理論』嗎？」

我搖搖頭。「我沒印象。」

「指數理論其實很簡單，我舉個例子。想像一下，你告訴某人某件事，他們又再告訴其他人，然後其他人又和更多的人說……沒多久，你的訊息已經徹底傳播出去，而且超出你個人能傳播的範圍。」

「哦，類似轉發郵件或訊息。」我說：「妳把訊息發給十個人，然後他們再發給十個人，這樣一直不斷轉發下去。」

她點了點頭。「對,就是這個概念。不過,現在假設你要讓大家知道,你正在做某些事情,而這些事情能幫你實現人生意義。首先,你與十個人分享,他們每個人再與十個人分享,然後那些人接著分享下去。照這樣速度,不久之後,就有一大群人知道你在做什麼,而且可能會來幫你。」

　　我思考了一會兒。「可是,為什麼那些人願意幫我呢?他們又有什麼動機要跟別人分享我的事情?」

　　凱西看看我,卻沒有回答。我感覺這又是一次需要自己提出答案的時刻。

　　我回想了幾分鐘,還是找不到答案。

　　「我不確定我有搞懂妳的意思,凱西,可以給點提示嗎?」

　　「約翰,記得一開始討論時,你想到的那些人嗎?那些正在努力實現個人目標的人,當你與他們互動時,有什麼感覺?」

　　「**感覺很棒,你會不自覺地被他們做事的熱情和**

積極所感染，覺得自己也想出一份力。」我頓了一下說：「拜託，凱西，妳的意思這就是答案？但這跟傳播訊息有什麼關係？」

「約翰，你剛才說，他們的熱情會讓你覺得想幫忙。如果你幫不上忙，但知道其他或許可以幫忙的人，你會去聯絡他們嗎？」

「當然，我很受啟發，因為他們看起來真的很像……。」我想了想，尋找貼切的形容。

「走在正確的道路上？」凱西問。

我點了點頭。「對，就像那樣。**他們看起來像是走在正確的道路上，讓你很想幫一把。**」

「當你和其他也許能幫忙的人說到他們時，會怎麼形容？」

我笑了笑，一半是對自己，一半是對凱西。「我會帶著那些人和我說話時的積極與熱情。那種情緒是會傳染的，像是依附在那個故事或那份需求之中一樣地傳遞下去。」

凱西聳了聳肩。「也許這就是你的答案。」她站起來，收拾桌上剩餘的餐盤。「我真佩服你，約翰，」她端著空盤子，一邊說：「你一定餓死了。」

「是因為東西太好吃了。」我回答。「我只想全部吃光。」

我瞄了一眼廚房，麥克揮了揮手，我也朝他揮揮手。這一次，我對於在餐館裡向廚師打招呼這件事沒那麼不適應了。

「凱西，我想問一下，還有草莓大黃派嗎？」

她笑了笑。「我回廚房看看。」

假設你要讓大家知道，你正在做某些事情，
而這些事情能幫你實現人生意義。
首先，你與十個人分享，
他們每個人再與十個人分享，
然後那些人接著分享下去。
不久之後，就有一大群人知道你在做什麼，
而且可能會來幫你。

Only now, suppose you're letting people know about
something you're trying to do
which will help you fulfill your PFE.
First, you share it with ten people.
Then they each share it with ten more.
Then those people keep sharing it, and on it goes.
Before long, you have a whole bunch of people
who know about your situation,
and who potentially will help you.

CHAPTER 23

但我還是不太明白,
為什麼不是每個人都會追求自己的存在意義?

Are you fulfilled

高爾夫球

幾分鐘後,麥克來到我的桌邊。

「一份草莓大黃派嗎?」他問道。

在他端著的盤子上,那一塊大黃派足足是三人份。我大笑著說:「麥克,那看起來差不多是半個派的份量!我不知道吃不吃得完。」

他在桌上放了新的餐巾紙和叉子,還有一個盤子。「慢慢吃,不急。你跟凱西聊得怎麼樣?」

「非常有趣。」我指著菜單說:「我們剛才在聊,有些人似乎已經找出第一個問題的答案。」

有那麼一瞬間,菜單上的句子變成「我為什麼在這裡?」,然後又慢慢變回「你為什麼在這裡?」,而我已經懶得提起這個變化了。

「對,就是這個。」我繼續說:「那些人似乎有些共同特徵,他們知道自己為何而存在,知道為了實現這個目標需要做什麼,而且有信心能做到。當他們努力的時候,自然會發生一些事幫助他們達成目標。凱西也跟我說了一些大家對於這現象的看法是什麼。」

麥克咧嘴一笑。「這些早就討論很久了,甚至最古老的哲學家可能都已經在研究了吧!」

「麥克,但我還是不太明白,**為什麼不是每個人都會去追求自己的存在意義?**我知道,在你回答之前,我應該先問問自己這問題。你走過來的時候,我也正在這麼做。但我很好奇,撇除個人因素之外,是否有一個更大、更普遍的理由?」

麥克把手上的杯子放在桌上,然後滑入我對面的座位。他說:「當然,我們每個人都有自己的理由。這些理由是每個人必須自己面對的,因為個別情況不同。不過,也是有些更普遍的決定性因素。」

「例如什麼?」我問道,然後吃了一大口派。

「嗯,對很多人來說,可能是他們從來沒有接觸過『存在意義』這個概念;可能有些人理解這個概念,但不確定自己是否擁有所謂的『存在意義』。再說,有些人則是被成長背景或生活環境影響,不相信自己有資格去實現『存在意義』。」

他停頓了一下,說道:「然後,就算覺得自己找到『存在意義』,也相信自己有資格去實現,他們也不認為實現『存在意義』有這麼簡單——只要做自己想做的事就可以。」

他聳了聳肩。「這又回到你跟安妮討論的問題了。很多人賴以維生的方式,是說服他人相信他,或者他製作、銷售的東西是讓人生圓滿的關鍵。想像一下,如果人們意識到,自己才能決定人生的幸福圓滿,那些試圖說服他們的人將會失去多大的權力?而對於那些人來說……,」他頓了一下。「誰喜歡失去權力呢?」

「我想起之前和凱西的對話。」我說:「她讓我理**解,一旦某人找到了自己的存在意義,就可以做任何自**

己想做的事情，成為任何想成為的人。他們不需要經過別人的允許或贊同。」

麥克點頭。「沒錯。而且**沒有誰能阻止或促使一個人去實現、活出他們想要的人生。每個人的命運，都掌握在自己手中。**」

我思索著，也回想之前和凱西以及安妮的對話。「你描述的一切，和我在生活中接收到的完全不同。我理解要尋找自己存在的意義、掌控自己命運的概念，為什麼對人們來說很難，更別說還要他們真正過著這樣的生活。」

「的確。」麥克回答道：「但也並非不可能。事實上，幾週前有一位來到咖啡館的客人，告訴我和凱西他是如何學會掌控自己的命運。那是一個有趣的故事。」

「我想聽。」我問：「故事裡有很多的漁夫嗎？」

麥克笑著說：「這次沒有，而是和運動有關。多年前，這個人常常做同樣的夢。夢裡，他總是在面對一顆很難打的高爾夫球。他說，自己不太會打高爾夫，所以

夢到這個挑戰，讓他更有壓力。在夢裡，他要打的球不是在窗台上，就是在一塊向下傾斜的大石頭上，或是其他同樣古怪又很挑戰的地方。

「他一次次地嘗試，好好揮桿練習，但是手感總是不對，知道自己這一桿很糟。於是，練習揮桿的次數越多，他就越焦慮、緊張。

「當挫折感達到頂點時，他終於決定自己非出手不可。然而當他一要揮桿，球的位置就會改變，他又要面對一個全新、同樣很挑戰的局面。然後，他重新經歷一波壓力和焦慮的累積。這個循環不斷上演，直到他全身緊繃又心悸地醒來。」

「聽起來好慘。」我評論道。

麥克點了點頭。「他也這麼說。有一天晚上，他又做了這個夢，但就在他通常最挫折的時候，他突然領悟了——他可以直接把球撿起來，放到別的地方。根本沒人關心球在哪裡，只有他自己在乎擊球的位置。

「他說他醒來時，強烈感覺自己領悟了一個重要的

道理——從前並不明白，現在卻無比清楚。最後，他向我解釋自己的領悟：**無論我們被教導過要相信什麼，無論在廣告中接收了什麼訊息，無論承受工作壓力時有什麼感受，其實每個人都掌控著自己每一刻的命運。**我卻忘了這件事，只是努力應付各種外在影響，讓它們控制我的生活。

「就像根本沒人在乎我從哪裡打出那顆高爾夫球，只有我自己在乎。**人生中，只有你真正知道自己想要什麼**，絕不要讓其他人事物擺布你、左右你，讓你失去對自身命運的掌控。**主動選擇自己的人生道路，不然你就是被選擇。**你只要移動那顆高爾夫球就行了。」

講完故事，麥克看著我。「你看，沒有漁夫吧！」

我微笑著說：「的確沒有，不過真是個很棒的故事，我喜歡這個故事的意義。」

麥克點了點頭。「那位客人也是這麼說。他說夢中的訊息改變了他的人生，從那時起，他意識到命運是掌控在自己手中。現在，每當他遇到事情，不知道該怎麼

辦,就對自己說:**移動那顆高爾夫球就好了**。他說,只是說出這句話,就能提醒自己不要害怕,去做自己想做的事。」

人生中，只有你真正知道自己想要什麼，
絕不要讓其他人事物擺布你、左右你，
讓你失去對自身命運的掌控。

In life only you truly know what you want
from your existence.
Don't ever let things or people drive you
to the point where you feel you
no longer have control over your own destiny.

CHAPTER
24

問出問題之後,下個月的七號、滿月的時候,
你會收到一個包裹。
包裹裡有一份文件,把它放在蠟燭上,
文件就會顯示出隱藏訊息。
這個訊息一生中只能閱讀一次。

Are you fulfilled

包裹

我看了看手錶,現在剛過清晨五點。

「真不敢相信,」我說:「又快到早餐時間了。」

麥克微笑著說:「你最好先把你的派吃完。」

「沒問題。」我又吃了一口。「這真的好好吃。」

嚥下口中的食物,我喝了一口水。「麥克,有件事我還是不太懂。我已經和你和凱西都討論過了,但還沒找到答案。」

麥克點了點頭。「你儘管問,只要不是問大黃派的食譜——那是少數不能分享的東西。那是我媽的祕方,我答應過她永遠不會告訴別人。」

我笑了笑。「真可惜,因為這個派真的好吃。不過我能理解。幸好,我要問的是另一個問題與答案。」

「是哪個？」

「嗯，你和我說過，人們問自己：『我為何而存在？』」我開始說：「我和凱西討論過思考這個問題的結果，以及一旦知道答案時可以做什麼。但我還不知道的是──」

「要怎麼找到答案？」麥克插嘴道。

我點點頭。「對。」

「我覺得最好還是找凱西一起，我們兩個應該可以給你一個更好的答案。」麥克站起來，走到餐廳的另一端。凱西坐在那裡，正在和安妮以及她的朋友聊天。我猜，或許他們也在討論差不多的話題。

片刻之後，凱西和麥克回到我身邊。

「大黃派怎麼樣？」坐下來的時候，凱西問我。

「太好吃了。」我笑著說。「肚子都吃撐了。」

「凱西，約翰在問人們如何找到這問題的答案。」麥克說，指著菜單背面的「你為什麼在這裡？」這句話。這句話又變成了「我為什麼在這裡？」。「我想我

們兩個可以試著回答他的問題。」

凱西點了點頭,直視著我,非常認真地問:「約翰,你家有信箱嗎?」

「當然有。」我回答,對她的問題有點困惑。

「好,在你問出這個問題之後,下個月的七號、滿月的時候,你會收到一個包裹。包裹裡有一份文件,你把它放在蠟燭上,文件就會顯示出隱藏訊息。那是知道答案的人傳遞給你的。這個訊息一生只能閱讀一次,而且必須是在七號那天,就著燭光閱讀。」

凱西話語中的強烈情緒讓我訝異。我向前傾身,確保自己能聽清楚所有細節。

「當你打開包裹的時候,會知道那是給你的,因為上面綁著紅色緞帶、打了個蝴蝶結,然後……。」

突然,我感覺桌子在動——像是充滿能量地震動。我嚇得立刻往後靠向椅背。

「怎麼了?凱西。」我錯愕地問:「桌子……?」

凱西繼續說,好像沒注意到桌子的異狀。「蝴蝶結

綁在包裹的左上角,其中的大圈至少比小圈大兩倍。」

我看向麥克,想知道他是否也感覺到桌子的震動。令我驚訝又有點尷尬的是,我很快就明白桌子震動的原因,並不是我以為的來自幽冥世界的神祕力量。

麥克一邊聽凱西說話,一邊抑制自己的笑聲。他摀住嘴巴,身體靠在桌上,笑到全身抖動,結果連桌子也跟著晃動起來。

我翻了個白眼,也忍不住笑了。

凱西轉向麥克,玩笑似地在他肩膀上搥了一拳。「你這個豬隊友!」她說道。

「對不起,」他笑著回答。「妳說得太有說服力了,我實在忍不住。」

「好啦,」凱西說:「我在回答你的時候可能有點浮誇,約翰。」

「只有一點嗎?」麥克評論道,並微笑著。「根本是胡說八道吧!」他開始模仿凱西的聲音。「打了個蝴蝶結,然後⋯⋯。」

我們全都大笑了起來。

「凱西，妳真會說故事。」過了幾秒鐘後，我說：「不過，妳還是沒回答我的問題啊？」

「除了想增加趣味之外，」她笑著回答。「其實我還想強調一個觀點。對某些人來說，**他們提出了問題就想知道答案，卻希望是其他人事物來告訴他們答案。**」

「在下個月七號會收到的包裹裡面。」我插嘴道。

凱西點頭，笑著回答：「沒錯。問題在於一旦我們知道該怎麼做，就能憑著自由意志去做。答案也是。**尋找答案的過程也掌握在自己手中。**」

「妳的意思是，」我說道：「**人不能只是邁出第一步，然後就在原地等待答案。如果一個人真的想知道自己為何而存在，就要自己找出答案。**」

麥克點點頭。「沒錯。人們會透過不同方式尋找答案，有些人會花時間冥想自己為什麼會存在，有些人會聆聽最喜歡的音樂，關注思緒被帶往何方。有些人會獨自在大自然中放鬆，有些人則會和朋友或陌生人討

論，有些人則是透過閱讀某本書中的概念和故事而獲得指引。」

「哪一種最有用?」我問。

凱西轉向我說:「這取決於你，約翰。**只有我們自己能決定自己的答案**。所以很多人會在尋找答案的過程中，花很長的時間獨處。」

「我能體會。」我回應道。「當你被生活中的各種資訊和訊息轟炸時，很難專注在某件重要的事情上。」

「沒錯。」麥克補充道:「當人們花時間冥想或在大自然中獨處時，通常是要遠離外在的『噪音』，才能專注於自己、真正地思考。」

「就只是這樣嗎?」我問道。

凱西搖了搖頭。「也不完全是。你還記得我們討論過，接觸各種想法、人群、文化、觀點，可以獲得什麼樣的價值嗎?」

「當然記得。」我回應道。「我們在說，一個人要有接觸、探索各種不同的事物，知道做哪些事可以實現

存在的意義。」

凱西點點頭表示同意,說:「沒錯。這也適用於那些正在尋找意義的人。有些人在體驗新事物、學習新觀念時,某些事物會特別引起他們的共鳴,有些人甚至會出現生理反應。

「當他們遇到某些真正共鳴、有所觸動的物事時,會起雞皮疙瘩、背脊發涼,或是喜極而泣。對其他人來說,可能會有種頓悟的感受。這些線索都可以幫助人們找出自己的存在意義。」

「我懂了。」我說:「我以前也有過那種體驗,比如讀到或聽到了什麼,立刻知道那是我需要的。」我笑了。「說真的,今晚我就有好幾次類似的時刻。」

凱西笑說:「約翰,這樣能回答你的提問嗎?」

我點了點頭。「有,謝謝。」

她從桌子旁站起來。「既然這樣,我要去看看其他客人。約翰,你還需要什麼嗎?」

我搖了搖頭。「不用了,除非我在滿月時收到一個

包裹,而且綁著紅色緞帶⋯⋯那我可能會再來請教妳幾個問題。」

凱西朝麥克俏皮地眨了眨眼,笑著說:「沒問題,隨時歡迎。」

人不能只是邁出第一步，
然後就在原地等待答案。
如果真的想知道自己為何而存在，
就要自己找出答案。

You can't just take the first step and then wait around.
If someone really wants to know why they're here,
it's up to them to figure it out.

CHAPTER
25

我意識到,
無論在生活中做了什麼或是沒做什麼,
無論我的決定是對是錯,還是不對不錯,
在我離開這世界之後,眼前這一切仍會存在。

Are you fulfilled

故事

凱西離開後,我和麥克安靜地坐了幾分鐘。

然後,他轉向我。「約翰,在你來這裡之前,原本是要去哪裡?」

「我要去度假,覺得需要一點時間遠離生活的一切。」我停了一下。「我想,算是個沉澱的機會吧?雖然我真的不知道自己要沉澱些什麼。」

我看了一下手錶。「我得說,過去的八小時裡,我確實得到一些很棒的想法。」

他微笑著點了點頭做為回應。

「麥克,你介意我問一個私人問題嗎?」

「完全不介意。什麼事?」

我看著他。「為何你會在菜單寫下這些問題呢?」

他靠向椅背,臉上露出一絲笑容。「你為什麼確定這些是我寫的?」

「因為你這個人、你的舉止、這個地方⋯⋯我不是很確定,但我感覺你正在做自己真正想做的事情。我猜,**你在某個時刻問過自己這問題,而這間咖啡館就是你的答案。**」

麥克慢慢地點了點頭,說道:「幾年前,我過了一段非常忙碌的日子,白天有全職工作,晚上唸研究所,然後剩下的每一分鐘都用來訓練自己努力成為一名職業運動員。大概有兩年半,我生活中的每一刻幾乎都安排得滿滿的。

「等我畢業的時候,我辭掉工作去放暑假。我已經找好一份新工作,就等秋天去上班,所以我和一個剛畢業的朋友決定去哥斯大黎加度假。

「我們花了一個月的時間體驗這個國家,健行穿越雨林、觀賞野生動物,沉浸在全新的文化中。那真的太棒了,從哪一方面來說都很有啟發性,而且無憂無慮。

「有一天,我們坐在一根木幹上,吃著新鮮芒果,看著海浪拍打著美得令人難以置信的海灘。那個下午,海水溫暖得像洗澡水一樣,我們都在水中玩人體衝浪。隨著一天結束,我們輕鬆愜意地欣賞夕陽,看著天空從明亮的湛藍變成粉紅、橙色和深紅。」

「聽起來好壯觀。」我說。

他點了點頭。「是啊,我記得當時自己看著這一切,突然意識到,在過去的兩年半裡,我一直在計劃生活的每一分秒,然而眼前的美景,每天都會出現。

「只要幾個小時的航程、幾條塵土路之外,就能到達天堂,我卻從不知道它的存在。我也領悟到,這畫面不僅存在於那忙碌的兩年半裡,夕陽落下,浪潮拍打海灘,這幅景色已經存在幾百萬,甚至幾十億年之久。」

他停頓了一下。「當這個想法湧上心頭時,我感覺自己非常渺小。我的煩惱、壓力、對未來的擔憂,全都不重要了;**我意識到,無論在生活中做了什麼或沒做什麼,無論我的決定是對是錯,還是有對有錯,在我離開**

這世界之後，眼前這一切仍會存在。

「所以我坐在那裡，面對著不可思議的自然美景，頓悟自己的生命其實只是浩瀚宇宙中的一粒沙。我產生了一個念頭：我為什麼在這裡？**如果所有我以為非常重要的事情，其實並不重要的話，那真正重要的是什麼？**我存在的目的到底是什麼？我為什麼在這裡？」

麥克看著我，微笑地說：「一旦我腦海中浮現出這些問題，我就開始經歷了凱西向你描述的過程。這些問題一直纏繞在我心中，直到我找到答案。」

我靠回椅背上。我之前沒察覺，但麥克說話時，我一直向前傾身，以便聽清楚他說的每一句話。

「謝謝你，麥克，這真是一個很棒的故事。」

他點了點頭。「約翰，**人生其實是一個精彩的故事，只是有時候，我們忘了自己就是作者，能夠隨心所欲地書寫它。**」

我們靜靜地坐了一會兒，接著麥克站了起來。「我要回去清理一下廚房了。你還需要什麼嗎？」

我搖了搖頭。「不用了，我很快就要上路了。說到這個，當我找到這裡的時候，其實我迷路了，現在真的不知道應該往哪個方向走才對？」

麥克笑了笑。「哦，那要看你想去哪裡……？」

他張嘴想要說些什麼卻打住了，似乎決定不說了。當他再次開口時，顯然轉了個想法。

「你沿著這條路繼續再走幾英哩，會遇到一個十字路口。你往右轉，就會回到高速公路上。在交流道入口之前有一個加油站，你車子的油應該撐得到那裡。」

我不知道他怎麼確定我能撐到加油站，但我有預感他是對的。我從桌邊站起來，伸出手。「謝謝你，麥克。這裡真是個特別的地方。」

他笑了笑，與我握了握手。「不客氣，約翰。祝你一切順利。」說完，他轉身走了。

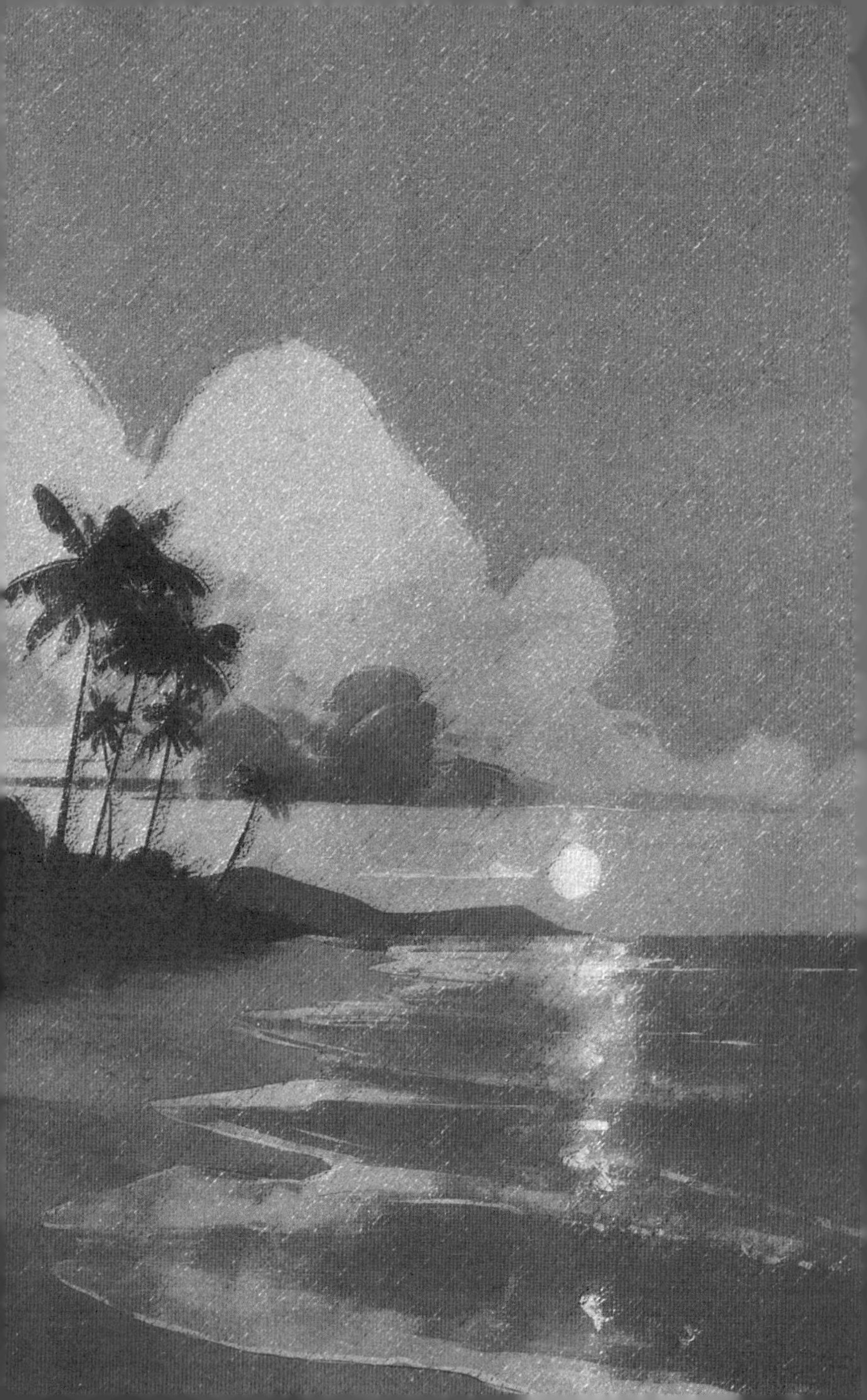

人生其實是一個精彩的故事。
只是有時候，我們忘了自己就是作者，
能夠隨心所欲地書寫它。

Life is an amazing story.
It's just that sometimes we forget we're the author,
and we can write it however we want.

CHAPTER
26

「而這是我給你的。」她說,遞給我一份菜單。
在封面上的「問題咖啡館」這幾個字下面,
凱西寫了一段訊息。

禮物

我重新坐回座位,目光再次被桌上的菜單吸引。

你為什麼在這裡?
你害怕死亡嗎?
你感到滿足嗎?

一天之前,如果有人問我這些問題,我會覺得那人大概不正常吧?但現在,**我無法想像不曾接觸過這些問題的自己。**

凱西走過來,把我的帳單放在桌上,遞給我一個盒子。「這是最後一塊草莓大黃派。」她微笑著說:「這是麥克送你的臨別禮物。」

「而這是我給你的。」她說,遞給我一份菜單。在封面上的「問題咖啡館」這幾個字下面,凱西寫了一段話給我。我讀了兩遍。

「給你一點小東西做紀念。」她補充道,再次笑了一下。

我點了點頭,抬頭看著她。「謝謝妳,凱西,謝謝妳為我做的一切。」

「不客氣,約翰,這是我們該做的。」

在凱西離開後,我在座位裡坐了幾分鐘,靜靜地消化這一切。然後我站起來,把一些錢留在桌子上,拿起菜單和那盒派。

我走出咖啡館,迎接全新的一天。

停車場對面的原野上,太陽剛剛升上樹梢。空氣中既有昨夜最後一絲的寂靜,也夾雜著另一天已經開始的喧囂聲響。

我精神煥發,充滿活力。我把手中的盒子從右手換到左手,打開車門。

我為什麼在這裡?我心想。

我為什麼在這裡?

沒錯,這是個全新的一天。

尾 聲

就像大多數值得探索的事情一樣,
要得到答案,就需要付出努力。

入口的另一頭

度過咖啡館的那一夜之後，我的生活發生了變化。

那些變化並不是驚天動地的劇烈轉變，但至少對我的生活產生了重要影響。

和安妮一樣，尋找答案的過程開始得很緩慢。離開咖啡館時，我心想：「我為什麼在這裡？」並且在假期間一直思考這個問題。

答案並未立刻全部出現。我意識到，要找到自己存在的意義，或者說 PFE（凱西這麼稱呼它），不是去度個假回來就能找到的。

就像大多數值得探索的事情一樣，要得到答案，就需要付出努力。

我融合了凱西和安妮給予的好幾種方法，最終才找

到答案。我開始每天花一點時間做喜歡的事情,這和安妮的方法很相似。然後我試著運用凱西所說的,尋找學習和嘗試新事物的機會,幫助我擴大挖掘自己為何而存在的各種可能。

終於,我的存在意義和想要實現它的方法,逐漸清晰起來。諷刺的是,那也是我人生面臨挑戰、最艱困的一刻。

當你在**權衡兩個選擇**,一個是過著實現自己存在意義的生活,另一個僅僅是「活著」之間,你可能以為做出決定並不難。

事實上並非如此。

隨著時間推移,我觀察到大多數人在這個階段,結束了探索的旅程。他們透過籬笆上的小洞口窺探,清楚地看到自己想要的生活;但是出於各種原因,他們沒有打開那個入口,走進那樣的生活。

一開始,那讓我非常悲傷。但正如麥克所說的,我也開始相信,人們會在生命中的不同時刻做出選擇。有

些人是在很年輕的時候,有些人稍微晚一點,有些人則是永遠不會。這是急不來的,也不能讓別人代勞,只有自己能做決定。

對我來說,意識到「如果已經做了,或是每天都在做,那就不會害怕沒機會去做」,這個想法幫我打開了入口,如今也成為我的人生信念之一。

每天,我都會想起一些與咖啡館有關的事。每次打開信箱,看到裡面塞滿了我不需要的廣告和優惠通知時,我都會想起凱西和她那隻綠蠵龜的故事。

迎面而來的浪潮從未停歇,隨時準備消耗我的時間和精力;但現在,我已經知道它的存在,要保存精力等待往外沖刷的浪潮。

我也經常想到麥克坐在哥斯大黎加海灘上的故事。從宏觀的視角來看,我們的壓力、焦慮、得與失,其實都不足為道。

然而,正是看見了微不足道的自己之時,我們才找到了意義。

要說我對於在生活中的改變有什麼遺憾，只有惋惜為什麼沒能早一點改變吧？但或許，直到在咖啡館裡的那一晚，我才準備好。

現在，我已經找到了為何而存在的答案，並且全心全意地活著去實現這個目標。入口另一頭的人生，我再也不會回去了。

從宏觀的視角來看，
我們的壓力、焦慮、得與失，其實都不足為道。
然而，正是看見了微不足道的自己之時，
我們才找到了意義。

Viewed from a big picture perspective, our stresses,
anxieties, victories,
and losses account for little.
Yet it's in the face of our seeming insignificance,
that we find meaning.

國家圖書館出版品預行編目資料

世界盡頭的咖啡館：這一生，我為何而存在？（The Cafe on the Edge of the World）／約翰・史崔勒基（John P. Strelecky）著、Elsa譯 – 初版 . -- 臺北市：三采文化，2025.2
　面；12.8*18.8 公分 . --
ISBN：978-626-358-595-9（精裝）

1.CST：心理勵志　2.CST：勵志故事　2.CST：自我成長

874.57　　　　　　　　　　　　　　　　　　113019672

封面圖像、滿版內頁插圖：
由 AI 生成再經設計修改而成

suncolor
三采文化

Mind Map 284
世界盡頭的咖啡館
這一生，我為何而存在？

作者｜約翰・史崔勒基（John P. Strelecky）　譯者｜Elsa
編輯二部 總編輯｜鄭微宣　執行編輯｜戴傳欣　校對｜周貝桂
美術主編｜藍秀婷　封面設計｜莊馥如　內頁編排｜陳佩君
經紀行銷協理｜張育珊　行銷企劃｜周傳雅、徐瑋謙、王思婕　版權副理｜杜曉涵

發行人｜張輝明　總編輯長｜曾雅青　發行所｜三采文化股份有限公司
地址｜台北市內湖區瑞光路 513 巷 33 號 8 樓
傳訊｜TEL:（02）8797-1234　FAX:（02）8797-1688　網址｜www.suncolor.com.tw
郵政劃撥｜帳號：14319060　戶名：三采文化股份有限公司
初版發行｜2025 年 2 月 27 日　定價｜NT$500
　10 刷｜2025 年 10 月 20 日

Copyright © John Strelecky
Complex Chinese edition copyright © Sun Color Culture Co., Ltd.
This edition published by arrangement through Bardon Chinese-Media Agency.
All rights reserved.

著作權所有，本圖文非經同意不得轉載。如發現書頁有裝訂錯誤或污損事情，請寄至本公司調換。 All rights reserved.
本書所刊載之商品文字或圖片僅為說明輔助之用，非做為商標之使用，原商品商標之智慧財產權為原權利人所有。

suncolor

suncolor